新潮新書

百田尚樹

HYAKUTA Naoki

大常識

1019

新潮社

まえがき

今、日本から「常識」が急速に失われかけています。

一昔前なら当たり前だったことが当たり前でなくなり、おかしなことがおかしいと言えない時代になっています。

たとえば、「チンチンがついている人は男性」というのは常識以前の「自明」のものでしたが、今は違います。男性器があって顔に髭が生えていても、本人が「わたしは女よ」と言えば、女性として認めようということになったのです。そういう自称女性が女性トイレに入ったり、女性浴場に入ったりしても、「LGBT理解増進法」が成立した今、それを咎めることは相当難しいことです。おそらく罪にも問えなくなるでしょう。

除夜の鐘は日本の伝統習慣の一つで大晦日の風物詩でもありましたが、近年、この音がうるさいというクレームのせいで除夜の鐘を自粛する寺が増えているということです。また公園で遊ぶ子供の声がうるさいというクレームで、子供たちが遊べなくなった公園もあります。そのうち救急車やパトカーのサイレンも自粛するような時代が来るかもしれません（救急車にクレームをつけた人物の話は本書にあります）。

長い間、日本列島は日本人のものというのは常識以前のことでした。しかし十数年前に民主党が政権を取る直前、鳩山由紀夫幹事長（のち首相）は「日本列島は日本人だけのものではない」と言い放ったのです。え、ちょっと待ってくれ！　日本列島が日本人のものではないというなら、いったいこの国は誰のものなのか。

しかし、これは彼の妄言ではなかったのです。その発言から十年以上の時が経ち、今やこの国は金を持った外国人が自由に土地を売買し、都内のタワーマンションや一流観光地、あるいは北海道の原野などがばんばん買われています。その中には日本の国防上非常に重要な土地もあります。わたしたち日本人が彼らに家賃を払って住まわせてもらうなんてことも、全然珍しいことではなくなりました。

外国人といえば、高い航空チケットで日本に観光旅行に来て、ビザが切れると、「私は難民だ」と主張する怪しげな外国人を追い返すこともできなくなっています。驚いたことに、その不法滞在の外国人が日本で子供を産んだら、特例としてその子に在留許可を与えましょうということにもなりました。さらに子供だけ残すわけにはいかないから、その親も特例で在留許可を与えましょうということになりつつあります。

そんな訳のわからない法律を作っている国会議員は、当選すると資産公開をします。ところが毎回「資産ゼロ」という議員が多数いるのです。四十、五十のいい歳をして、しかも大金を使って国会議員に当選するような人物が、「私は家も土地もなく、一円の預金もありませーん」なんてことを堂々と主張するのです。誰もが「そんなはずないやろ！」と思っても、本人は平気の平左です。もはやそれを恥ずかしいと感じる「当たり前の気持ち」さえ失っているのです。

国会議員の使命は国を守ることと国民の生活を豊かにすることというのが常識でしょう。しかし現状、日本の国益よりも外国の国益を優先したり、国民の生活よりも外国人の生活を優先したりする議員は山ほどいます。それがあまりにも多すぎて、わたしたちはそんな議員の存在を目にしても驚かなくなっているほどです。今やこの国は行政も立法も無茶苦茶です。

そして司法さえも「常識」を失いつつあるように見えます。裁判官の常識を疑うような判決は近年とみに増えています。たとえば少し前ですが、ある死刑囚が某食品メーカーのキャンペーン商品をもらうために拘置所から応募しようとしたのを止められ、精神的苦痛を負ったとして裁判に訴えたところ、裁判所はそれを認めて、国に賠償命令を下したということもありました。人を殺《あや》めておいて、そんなどうでもいい権利を要求するなんて頭がおかしいのかと思うのですが、法律では彼の権利は当然のようなのです（この話は拙著『偽善者たちへ』（新潮新書）で書いています）。

ここに挙げたのはごく一例ですが、毎日のニュースを見ていると、わたしたちが長い間共有していた「常識」が凄い勢いで崩壊していくのを感じます。これは言い換えれば、文化の崩壊です。

本書はニコ生「百田尚樹チャンネル」で発行しているメルマガ「ニュースに一言」から、「今一度、常識を見直してはどうか」というテーマで、記事を選び出して再編集したものです。

令和五年十月

百田尚樹

大常識——目次

退職金は権利だけれど／優先席の使い方を考える／公費でのタクシー通園とは／救急車に道を譲らない人／119番に20回電話した女／何より子供を大事にしてほしい／EV車に感じる偽善／ヤングケアラー問題の背景／闇金の被害者にどこまで同情すべきか／生活保護の対象を拡大していいか／恋多き教師／救急車は足代わり／110番はお悩み相談窓口ではない／高速道路とは巨大な詐欺である／想像力の欠如は許しがたい／おぞましい遺体愛好者／生活保護キャンペーンへの違和感／進む「匿名化」への疑問／ピアノが泣いている

1　政治屋たちの醜態

いまさら政治家に清廉潔白であることを求めるのは、あまりに世間知らずというものなのかもしれません。少々素行が悪くても仕事さえきちんとやってくれれば文句はないという方もいるでしょう。しかし、実際にはそちらにも問題を抱えている人が珍しくありません。政治不信などとよく言われるのですが、実際はそうではなく、政治に対しては期待しているのに、それを担って実務を行う人たちが期待外れの言動を連発している、というのが実態ではないでしょうか。

ここで取り上げたのもまたそういう人たちの呆れた振る舞いの数々です。

特権意識にはうんざりだ

立憲民主党岐阜県連で常任顧問をしている79歳の男が、現職の自民党国会議員になりすまし、偽の「国会議員指定席・寝台申込書」を提出して新幹線の特急券とグリーン券をだまし取っていたというニュースが、2022年5月にありました。

この男は2010年まで衆議院議員を4期、参議院議員を2期務めていた元国会議員で、東京駅で東京-名古屋の新幹線往復チケットを申し込みましたが、JR職員が発券を間違い謝罪のために申込用紙に書かれた現職議員に連絡したことから不正が発覚しました。

国会議員は当選後、通称「JR無料パス」が支給され、全国どこへでもタダで行けるようになります。しかし、議員には毎月100万円もの文書通信〝交通〟滞在費が支給されているのですから、多くの国民はそれで電車に乗るべきだと思っていることでしょう……なんて言われたら困るからか、文通費は2022年4月に「調査研究広報滞在費」に名称を改められたのでしたっけ。国民のための法案は遅々として進まないのに自身を守るための改正案はさっさと通す国会議員の狡猾さにはほとほと辟易します。

百歩譲って電車賃は払ってやるとして、なぜそれがグリーン車でなければならないのか。無料といってもそれはJRが負担しているのではなく、その分はきっちり〝税金〟で支払われているのです。そんなことはお構いなしに贅沢を謳歌する議員の「国民のために」なんて聞いて呆れます。

今回の男の手口は議員バッジによく似た「OBバッジ」で相手を信用させ、使用期限が切れた議員時代の「JR無料パス」を使っていたものですが、議員の証の議員バッジも離職後に返還義務がないなんて、ここにも「自分たちは特別」が見て取れるとともにその杜撰な管理に呆れます。

国会議員は高給取りですから「そんなせこい奴はおらんやろ」と思いたいところですが「こんなせこい奴」もいるのですから、他にも同様に詐欺を働いている現、元議員がいるかもしれません。男の余罪は当然、そちらも徹底的に洗い直していただきたいものです。そして、二度と不正がおきない仕組み作りが求められますが、それを作るのもまた議員自身なだけにあまり期待はできません。情けない限りです。

（2022/05/12）

議員たちに「立場」の意識はあるか

参議院選挙も佳境に入り、いよいよ日曜日（2022年7月10日）には日本の未来を託す議員が決まりますが、日頃はふんぞり返っている議員先生たちも選挙期間中だけは誰彼なしに頭を下げ、目が合おうものなら両手で手を握りに来るのですから滑稽なことこの上ありません。しかし、笑ってばかりはいられません。そんな数年に一度のチャンスをここぞとばかりに利用する有権者も一定数おり候補者を悩ませているのは困ったことです。

有権者が投票をちらつかせて嫌がらせをする「票ハラスメント（票ハラ）」が増えているというのです。特に女性候補は大変で、握手をすればその手をずっと放してもらえず、そのうえもう片方の手ですりすりなんてこともあるようです。本来なら「放してよ」と言えばいいのですが「ここで我慢すれば1票だ」と考えてか、にっこり笑顔を続けるのは立派なのか情けないのか。

本来、議員になろうという人は自身の信念に自信を持ち、不当な要求は断固として拒否するくらいでないと有権者の信頼を得ることはできないはずです。それを「1票のため」とはいえ黙って我慢するなんて、これでは「お金の為」と目をつぶってじっと耐えながら時が経つのを待つ売春婦と同じです。

そんな中、福岡県議会が都道府県議会では全国初となる議員に対する「ハラスメント」を防ぐ条例案を賛成多数で可決したというニュースが、2022年6月にありました。条例は全12条で、ハラスメントについて「優越的な関係を背景とした言動で、必要かつ相当な範囲を超え、相手の政治活動などの環境を害するもの」などと定義しています。

なんだか議員は一般市民に対し弱い立場と言いたいようですが、そう思っている市民がどれほどいるのでしょう。多くの市民は議員を「立場が上の人種」と感じ、議員自身もそれを受け入れています。その証拠に「先生」と呼ばれることにほとんどの議員はまったく抵抗を感じていません。にもかかわらずこんな条例を作るなんて「俺達のすることにはいっさい口出しするな」と言っているようにも思えます。

議員は公人ですので市民は遠慮することなく要求や不平不満を言っていいのです。もちろん不当な要求やいやがらせはあってはなりませんが、この条例により萎縮した市民が自由にものを言えなくなるとしたら由々しきことです。

人間は誰しもが平等であるべきですが、現実はそうではありません。〝立場が上〟は〝立場が下〟に気を遣い過ぎるくらいで〝対等〟なバランスとなるのです。果たしてそれを〝上〟の議員はわかっているのかいないのか。それにしても議員たちの「自分たちを守る、得をする」ことを決めることのなんと素早いことか。

(2022/07/02)

町長の実力行使は理解できる

三重県菰野町《こものちょう》で2022年7〜9月の早朝、駐輪場付近の地面などにタイヤを天に向けた逆さまの状態で自転車が置かれていることが数回確認され、それを見た駐輪場で自転車を整理する業務を受託している事業者から「自転車の状態が異常。いたずらの領域を超えている」との連絡が町に入り、四日市西署員らも駆けつける騒ぎとなりました。

そしてこの奇妙な出来事を調べてみると、なんとこの町の50歳の現職町長の仕業だとわかったのですから驚きです。

しかし、町長は決していたずらしようと思ったのではなく、そこには彼なりの正義がありました。9月12日の町議会一般質問で、2人の議員からなぜそんなことをしたのかと問われた町長は「50台しかない駐輪場を公平に利用してもらうため夜間使用禁止にしているにもかかわらず、放置自転車が後を絶たない。撤去移動は当然だ」としました。議員が「自転車をひっくり返してアスファルトの上に置けば、ハンドルなどに傷が付く。器物損壊罪が成立する可能性もある」と指摘すると、今度は「東京や大阪では撤去する自転車をトラックに山積みにして運んでいるが、器物損壊などの責任が発生したとは聞いたことがない」と主張するとともに「問題がないことを警察にも確認済み」とも付け加え、「施錠された自転車の撤去はサドルを下にしてフレームを持って運ぶのが合理的。移動後はそのまま地面に設置した」と説明しました。

それに対し2人の議員はなおも「合理的でも何でもない。一般的に理解できることか」と反発しましたが、わたしには十分に理解できます。

放置自転車を後々のトラブルが面倒だからと〝放置〟していたら、その間困るのは町民ですから、町長の行動は町民第一を実践するもので非難されるべきものではありません。なにより50歳でありながら多い日では30台以上を1人で運ぶのですからその行動力と体力には頭が下がります。

そのうえで町長は「町民の誤解を生むのはいけない」と対策の方法を改める考えを示し「議員の指摘を真摯に受け止め、今後は職員に協力してもらう」としましたが、撤去の手伝いに指名するのは職員ではなく、現場を見もせずに文句ばかり言っている議員先生にするべきでは。

（2022/09/16）

安倍元首相の死を悼めない人たち

2022年9月8日、イギリスの他14ヶ国の英連邦王国及び王室属領・海外領土の君主、エリザベス女王が96歳でお亡くなりになりました。25歳で即位して以来、70年の長きにわたってその君臨は国民の75％に「女王のことが好き」と答えさせるほど歓迎されたものでした（ちなみに残り25％は嫌いと言っているのではなく、「どちらでもない」が

15％ほどで、完全に否定的なものは数％という人気ぶりでした）。

現在の我が国で天皇といって一番に思い浮かぶのは「昭和天皇」「現上皇」「今上天皇」と人それぞれでしょう。自身の人生で思い入れの強い時期の天皇の印象が強くなるのです。しかし、現在のほとんどのイギリス国民は君主といえば「エリザベス2世」しか知りません。それだけにその喪失感は計り知れないほど大きなものだと察します。

そんなイギリス王室、そしてイギリス国民に心よりお悔やみを申し上げます。在任期間といえば我が国憲政史上最長となる通算３１８８日、連続では7年9ヶ月総理大臣の職に就いた安倍晋三元総理を忘れることができません。現在66歳のわたし（記事執筆当時：昭和31年から現在まで30人の総理が誕生しており、とても全員の名前を思い出すことができません）でも、もっとも印象深いのですから、物心ついてからはずっと安倍さんの現在の小中学生にとっては総理＝安倍総理で間違いないでしょう。

その安倍晋三氏の国葬が間近です。今、同じ国会議事堂で仕事をした現職や元職の議員をはじめ、公私で所縁のあった方たちに案内状が送付されていますが、それをご丁寧にＳＮＳにアップした上で「欠席」を宣言するという礼儀知らずがいることにはほとほと辟易します。

出席、欠席は自由です。行きたくないのなら黙って「欠席」と返信すれば良いだけなのに、わざわざ案内状をアップするのは「わたしには案内状が来たよ～ん」と自慢でもしたいのでしょうか。そして、挙句の果てに返信はがきの「御芳名」の「御芳」を消していないなどネット民から社会人として常識を疑われているのですからバカ丸出しです。

さらに中には無作為に発送されているといいたいのか、これ見よがしに「安倍さんとは面識がないのに、なんでわたしに送られてきたのだろう」などという元国会議員もいますが、国会議員であって総理と面識がなかったなんて「わたしは仕事をしていませんでした」と言っているのと同じで自身の否定につながると考えないのが不思議です。

安倍さんは「安倍のすることは何でもかんでも悪」と決めつける〝アベガー〟と違い、政党が違って意見が合わないことがあっても、その政党や所属議員を全否定することはありませんでした。「その意見自体は尊重できないが、意見することは尊重する」という姿勢を貫いていました。なぜならその根底には常に「国益の為」「国民の為」があったからです。しかし、その逆に今の国会議員の中にその言動が「あんた、いったいどこの国の議員やねん」と言いたくなる、他国を利するものに終始する者がどれだけ多いことか。安倍さんは紛れもなく日本国の国会議員、そして総理大臣でした。わたしは国葬に参列します。そしてそこで「日本のために有難うございました」と言うつもりです。
（2022/09/16）

安倍元首相の死を悼めない人たち2

2022年9月27日に開かれる安倍元総理の国葬儀に関し、沖縄の「島ぐるみ宗教者の会」と「沖縄平和市民連絡会」の関係者が那覇市の県教育委員会を訪れ、当日に学校での弔旗・半旗の掲揚を行わないことを求めたというニュースがありました。

政府は今回の国葬儀では当初から一貫して半旗の掲揚や弔意を強制しないことを各自治体や団体に伝えています。すべては個々の判断を尊重すると言っているのです。それに対しての今回の要請。沖縄の活動家の理不尽さは承知していたつもりですが、さすがにここまでとなると開いた口がふさがりません。

反対派は国葬を強行するのは民主主義に反すると言いますが、賛成派が「半旗を掲げるのも、弔意を示すのも自由」としているのに対し、反対派は「半旗を揚げるな、弔意を示すのはまかりならん」ですから、どちらが民主的なのかは一目瞭然です。

さらにマスコミは「国葬反対」のデモが1万3000人(あくまでも主催者発表)も集まったと、さも反対意見が大多数のように伝えますが、そもそも賛成派はデモなんてしませんので、それにより賛成反対の優劣を決めることなんてできません。「行きたくなければ行かなければいい」「見たくなければ見なければいい」。ただそれだけなのに、自分の気に入らないものはすべてこの世から消えてしまえという声の大きな少数意見にはうんざりです。

「半旗の掲揚や弔意を強制しない」。それでいいのです。そんなものいちいち求めなくても心ある日本人なら、長年にわたって日本の、そして日本人のために尽力し、民主主義の根幹である選挙期間中に凶弾に倒れた安倍元総理を悼み自ら進んで手を合わせるでしょうから。

(2022/09/30)

バカな政府のバカな少子化対策

政府はバカなのか。

２０２２年10月、政府は妊娠がわかった女性に対し、子供１人当たり10万円の「出産準備金」クーポンを配布する意向を表明しました。このクーポンはおむつ代や保育料の支払いに使えるもので「子育て費用」の足しにしてもらい、もっと産んでもらおうというものです。政府はバカなのか。子供は産んだら終わりではありません。そこから成人するまで18年間育てなければならないのです。

子供を作らない理由に金銭を挙げるカップルは将来的な教育費を心配しているのです。それを3歳になるまでしか使えない、それもたった10万で払拭できると考える、なんと愚かなことか。18歳までの毎年誕生日に１００万円のお祝い金支給くらい言えないものでしょうか。あるいは18歳まですべての医療費タダ、給食費や制服代、それに学用品を支給するなど現実的な方法はいくらでもあるでしょう。

自治体によっては独自にこれらの子育て支援を実施して人口が増えているところも実際にあります。それを「金さえばらまいたら喜んで支持しよる」としか考えないのですから国民もなめられたものです。そして「財源がなければまた国民から搾り取ったらええねん」とばかりに、国民年金の支払期間を40年から45年に5年間も延ばそうとする始末。国民が怒っていることに気付かない政府はバカなのか。福祉の充実には、それを支える一定の人口が不可欠です。今以上の少子高齢化が進めば日本の未来に明るい光は訪れません。ああ、バカな政府をもつ国民のなんと哀れなことか。

(2022/10/22)

中条きよし議員に目くじらを立てる前に

2022年7月の参議院議員選挙で初当選した中条きよし議員が参院文教科学委員会で質問に立った際、自身の新曲とディナーショーの宣伝をしたと大騒ぎです。中条議員は委員会で、コロナ禍で苦労する歌手や俳優への支援についての質疑をした最後に「もう時間だということなので、最後になりますけれども、私の新曲がですね、9月7日に出ております。ぜひお聞きになりたい方は、お買い上げください」、さらに「12月28日に『中条きよしラストディナーショー』というのをやります。今年最後のディナーショーではなくて、芸能界最後のラストディナーショー。ぜひ機会がございましたら」と発言し、それが〝宣伝〟だと責められているのです。

たしかにこの文面だけを見れば〝宣伝〟かもしれません。しかし、中条さんは本当に新曲を売りたい、ショーの集客をしたいがためにそう言ったのでしょうか。

多分、わたしは芸能人としてのサービス精神からくる〝受け狙い〟の意味合いが強かったのだと推察します。しかし、それなら順番が違いました。今回の発言は質疑の最後でした。言うなら冒頭、〝つかみ〟の時です。質問内容が芸能に関するものですから、自身が芸能人だからこそわかるという趣旨にもなり、これほど大事にはならなかったでしょう。

いずれにせよ一連の発言はジョークだったとしてもあまり上質でなかったことは否めません。それよりも今回の騒動で気になるのはマスコミの相も変わらぬ取り上げ方です。相手が有名芸能人の国会議員だけに視聴者受けがいいと踏んでか「歌の宣伝をした」とばかり連呼し、最も注目すべき新人議員の初質問の内容には一切ふれません。

さらに訳知り顔のコメンテーターが「国会は国政を審議する場所」だと宣うのですか

ら呆れます。いままでどれだけ取るに足らない問題を得意の揚げ足取りで切り取って〝貴重〟な審議時間を食いつぶしてきたことか。さらに、その様子を輪をかけて面白おかしく伝えて嬉々としていたのは、どこの誰だと言いたくなります。国民が政治に関してマスコミに求めているのは「おもしろく」ではなく「わかりやすく正確に」伝えてくれることです。

中条氏は騒動を受け発言を撤回謝罪しましたが、今後は「うそ」のない「仕事人」としてしっかり国民のために働いてもらいたいものです。

（2022/11/18）

議員の財布を覗いてみれば

2022年7月に当選した参議院議員125人の資産が公開されたというニュースがありました。国会議員はその地位を利用し不適切な利益を得ていないかを有権者がチェックできるよう（たとえば5000万と報告していた資産が急に2億になったら「こいつ、なんかやりやがったな」という具合に）個人の資産を報告することが義務付けられています。ですからこの制度は議員にとって自らの清廉さを証明できる歓迎すべきシステムのはずですが、逆に毎回つっこみどころ満載なものとなっているのは残念なことです。

記事によりますと最高は福島選挙区選出の自民党議員で2億9759万円、最低は資産0の19人で平均は2535万円となっていますが、こんなもので納得すると思われるなんて国民もなめられたものです。なにしろ全体の15％にあたる19人が資産0なんて誰が信じますか。30年間引きこもり続けた無職のプータローが当選したのではありません。全員がそれなりの職業（もちろん再選者もいます）に就いていて一文無しなんて有り得ません。なにかといえば「政治には金が掛かる」というくせに、こういうときだけ恥ずかしげもなく「0でーす」なんて呆れます。

しかし、これは議員たちがウソをついているのではありません。公開の義務があるのは議員名義の定期性預貯金の総額と、こちらも議員名義の土地、建物の固定資産税の課税標準額合計で、ご丁寧にも株式は除く（銘柄と株数のみ公開）となっているのですからいくらでも誤魔化せるのです。どれだけ土地や建物をもっていても嫁さん名義なら0。

銀行にたんまりと預けていても普通預金なら0。買ったときの10倍に暴騰していても株だから申告の必要なし。その結果、必死になって定期を解約し普通口座に移したのでしょう、なんと全体の7割弱の82人が預貯金なしと回答するのですから彼らの作ったこのルールがいかに自分たちに都合のいい、いい加減なものだったかがわかります。こんなもので「ちゃんとやってます感」をだされるくらいなら、やらないほうがましです。

他人に懐具合を探られるのはいい気はしないでしょうが、対象者は国会議員です。国民の範にならなければならない立場だという覚悟がないのなら国会議員になんてならなければいいのです。おもしろいのは今回の高額資産TOP10のうち7人が新人議員だったことです。多分初めての事で要領がわからず正直に報告したのでしょう。議員生活になれた彼らが次回どういう報告をするのか楽しみです。

（2023/01/15）

「電動キックボード利権」を疑う

現在、原付バイクと同じあつかいで運転免許を持っている者がヘルメットをかぶって乗っている「電動キックボード」が、道路交通法の改正により２０２３年７月から免許不要、ノーヘルでも罰則なしになるというニュースがありました。

今では当たり前になった自動車のシートベルトもバイクのヘルメットもわたしが子供のころは必須ではありませんでした。それが交通量の増加により事故が増えたことで「国民の安全のため」にルール作りが進んだのです。それ以降、交通ルールに関して規制が厳しくなることはあっても緩められることはほとんどありませんでした。それが今回、大幅に緩和されるというのです。

今回の改正でキックボードの最高速度は免許が要らなくなった代わりに現在の時速30㎞から20㎞に下げられることになりました。一見これは安全に寄与するように思えますが、はたして本当にそうでしょうか。サーキットを３００㎞を超えるレーシングカーが事故もなく走るのは、同じ力量のドライバーが同じ速度で同じ方向に向かって走るからです。また高速道路で事故なく走れるのも全車が一定のスピードをキープしているからです。

事故を防ぐうえで一番大切なことはその流れに乗ることです。自動車やバイクが行き交う中に、ノロノロのキックボードなんて事故誘因以外のなにものでもありません。さらに今後は車道だけでなく、時速6㎞以下なら歩道も走れるようになるなんて意味がわかりません。

車道とは逆に子供や高齢者などスピードの遅い人のいる歩道をキックボードが疾走すれば事故の起きないほうが不思議です。現在、車道や歩道で自転車がらみの事故が多発しているのも同じ理由です。こんなどこから見ても改悪としかいえない法案がよく通ったものです。

「電動キックボード」推進派から利権がらみの強い要請があったであろうことは想像に難くありません。「国民の安全のため」より「自己の利益のため」を優先する国会議員。そして犠牲になるのがいつも国民だと思うと怒りしかありません。自動車を運転する身としては、今回の改正（改悪）でより一層緊張を強いられることになる7月以降のドライブが憂鬱で仕方がありません。なぜなら、わたしは被害者はもちろん加害者にもなりたくないからです。

（2023/01/27）

噛みつく対象が違う

岐阜県美濃加茂市の市長が市議会定例会で市議からの一般質問に対し謝罪したというニュースが2023年3月にありました。市長が謝罪とはまた失言か公私混同、あるいは公金の使い込みかと思いきや、名古屋市の河村たかし市長と一緒に写る写真の笑顔が理由と聞いて驚きました。

この市長は2023年1月に「堂上蜂屋柿《どうじょうはちやがき》」という美濃加茂市特産の高級干し柿をPRするため河村市長を訪問しました。差し出された柿を河村市長はガブリと一口、そしてにっこり笑う両市長のツーショット写真が翌日の新聞に掲載されました。それをこの市議は、堂上蜂屋柿は1000年の歴史のある尊い干し柿で、へたを取って8つに割いて食べるのがおいしい食べ方なのに「河村市長はそのままガブリ。それを横で笑って見ているだけとは何事か」と言うのですからわけがわかりません。

河村市長もわざわざ訪ねてくれたことへのサービスでかじったのに、無知な無礼者のごとくに言われるとは夢にも思わなかったことでしょう。そもそも、食べ物をどのように食べようと自由なはずです。「こうすればもっとおいしいよ」ならまだしも「こう食べなければダメだ」なんて、そんな傲慢な生産者の作ったものなど食べたくありません。さらにこの市議は「この柿は（生産者にとって）本当に金メダルみたいなもの。生産者の中には侮辱されたと感じた人もいます」と、河村市長が２０２１年に東京五輪ソフトボール選手の金メダルをかじって批判を受けたことを引き合いに出すのですから、河村市長もとんだとばっちりです。

市長は「撮影時に食べ方を改めてお伝えしきれなかった私の落ち度です」と謝罪しましたが、「お前こそ何にでも噛みつくな」とでも言ってやればよかったのです。今回の騒動で「堂上蜂屋柿」の名前は全国に知れ渡り、ＰＲという当初の目的は達せられましたが、「そんな面倒な柿なんていらない」と思ったのはわたしだけではないでしょう。

（2023/03/18）

川勝平太知事は責任の取り方を知っているのか

政治家が不祥事を起こしたときの責任の取り方は、謝罪の後にその職を辞す、あるいは報酬を返上する等いろいろですが、多くの場合はその発表があった時点で追及の手は緩みます。議員や首長が辞職した場合は「選挙」が行われることによりその辞職が明確になりますが、「報酬を返上します」は本当に実行されたのか曖昧です。

静岡県の川勝平太知事が２０２１年10月の参院静岡補選の応援演説で同県御殿場市を「(特産は) コシヒカリしかない」と揶揄《やゆ》したことに対し県議会が辞職勧告決議を可決したことを受け、１ヶ月分の給与と期末手当（合計約４４０万円）を返上すると表明していたにもかかわらず、実際には１銭も返上していなかったことがわかりました。

この失言は川勝氏が応援する候補者の対立候補を攻撃するため、その地元である御殿場市を貶める意味で発せられたものですが、言うまでもなく御殿場市は『静岡県』です。あろうことかそこの首長が自身の治める県に属する自治体をバカにするのですからわけがわかりません。仮に御殿場に本当にコシヒカリしかなかったとしても、それ以外の魅力を探し出して発信することこそ知事の仕事なのに、それをせずそのまま「……しかない」なのですから自身の無能ぶりを晒しているのも同然です。

彼の発言は当然のことながら反発を招き議会は辞職勧告決議を可決しました。それに対し「報酬を返上するから、辞職だけは勘弁して」と言って知事の座にしがみついておきながら……。川勝氏は今後も返上しない意向で「熟慮した結果、発言に対するけじめは職責を果たすことだと思い至った」と、なんとも身勝手な説明をしていますが、百歩譲ってそうするなら、その前に返上しない旨を表明しなくてはなりません。「そんなもの黙っていたら誰にもバレやしない。アホな県民で良かった」とでも思っていたのでしょうか。

川勝氏といえば国益に大きく寄与するリニアモーターカーの開通を自身の勝手な想い（個人の考えか、どこかの誰かに指示されているのかは定かでありませんが）だけで邪魔をする、反日知事です。そんな男が２００９年以来4選を重ねて14年間も知事の座に居座れているなんて困ったものです。ひょっとしたらそれを許している静岡県民は川勝氏の思っているように、本当に〝アホな県民〟なのかもしれません。

（2023/07/09）

いつまで「他人の金だから」という感覚でいるつもりだ

香川県議会で2023年11月10~19日の10日間にわたり香川県議会議員8人が参加して行われる海外視察旅行が、議長を除く40人の議員のうち37人の賛成多数により可決されたというニュースがありました。この視察旅行は市民団体から見直しや中止を求める陳情が提出されていたこともありその可否が注目されていましたが、やはり〝議員〟の行く〝議員〟のための海外旅行を〝議員〟が決めるのですから当然のようにすんなりと可決されました。この旅行は香川県知事とともに3ヶ国を訪問するもので、最初のパラグアイでは県人会創立50周年、次のブラジルでは県人移住110周年の記念式典にそれぞれ参加し、経由地のロサンゼルスでも県人会と懇談する予定となっています。さらに高松市の栗林公園と姉妹庭園提携を結んでいるロスのハンティントン財団庭園では県内から移築された古民家の披露式典に出席するとしており、それなりに〝香川〟と関わりがある行程となっています。

そんな旅行に市民団体が待ったをかけた理由はそのあまりにも高額な費用のためです。

なんと8人で総額2106万円、1人当たり263万円にもなるというのです。当然その費用はすべて税金で賄われます。なぜそこまで高額になるのかというと往復の飛行機はビジネスクラスを利用しその費用だけで187万円、さらに全6泊のうち2泊は1泊6万6000円のホテルの「エグゼクティブルーム」に泊まるというのですから見事なまでの大名旅行です。

ビジネスクラスに座ったからといって半分の時間で到着するわけではありません。エコノミーであろうとちゃんと目的地には到着します。エグゼクティブルームで寝たからといって朝までぐっすり眠れるとは限りません。ビールを飲み過ぎるとエグゼクティブルームであろうとネットカフェであろうと夜中にオシッコで目覚めるのは同じです。それなのにそれらを選ぶのは「どうせ俺らの金やないし節約する必要はない、せっかくだから贅沢しようや」という考えにほかなりません。

県民に〝選ばれた〟者だからこそ県のお金の無駄遣いを控えねばならないのに、県民に〝選ばれた〟者だから県のお金を自由にしてもかまわないと考えていたとしたらとんだ思い上がりです。それでなくても香川県では過去の海外視察をめぐり「実質的には観光だった」として旅費の一部返還を求める判決が2022年に確定したばかりです。それなのに彼らはそこからなにも学習していません。そんなアホが行く視察旅行なんて何の収穫も期待できず、これ以上の税金の無駄遣いはありません。

(2023/07/14)

2　横暴な「リベラル」

わたしはよく「保守」側の言論人だと言われます。その場合、大抵は悪口が伴います。いわゆる「リベラル」を自認する人やメディアはわたしのことが大嫌いだからです。メディアでいえば朝日新聞がその代表でしょう（本当の意味での「リベラル」は、こうした人たちとはかなり異なるものだという意見もあるのですが、ここではとりあえず日本型の「リベラル」のことを指します）。

わたし自身は、単に思っていること、当たり前だと考えていることをその都度口にしているだけですし、その多くは普通の人の常識の範囲内かと思います。しかし、ある種の人の癇に障ることが多いようです。

人権を大切に思い、平和を願うというのならばわたしも同じです。ところが、普段の言動を見る限り、そうした理想と言動に大きな矛盾を感じることが多いのです。こうした矛盾は特に日本の「リベラル」とされる人に顕著のようにも見えます。彼らの主張をある程度誇張してまとめると、次のようなことになるでしょうか。

「とにかく少数派の人権を大切にせよ。犯罪者の人権を蔑ろにするな。LGBTへの配慮は最大限にすべし。結婚出産は個人の自由だからうかつに話題にするな。人を見た目で判断するのは許されない。外国人はひたすら丁重に扱え。国家が国民に働きかけることは最小限にしろ。結婚をことさら美化するな。ただし何かあったら国家がすべて責任を負え。自民党は諸悪の根源で安倍晋三元首相はその親玉だ。自分たちへの批判は絶対に許さない。なぜなら自分たちの言うことこそが正義なのだから」

弱い立場の人たちの権利を代弁することは決して悪いことではありません。

しかし、往々にしてそれが横暴さや非常識につながっていることも多いのではないでしょうか。

抗議する権利はあるけれど

大阪市生野区にある近鉄鶴橋駅で駅員を誹謗中傷するビラをまいたとして、22歳の会社員の男が威力業務妨害と建造物侵入の疑いで逮捕されたというニュースが2022年5月にありました。この男は鶴橋駅の駅長室前で特定の駅員を名指しして「駅員の業務をすぐ外せ」と書かれたビラをまいたのです。

一般的に「ビラをまく」といえば、紙吹雪のごとく大量に印刷されたビラをまき散らして主張を示すイメージですが、今回の男の場合はA4サイズの紙に手書きやワープロで作ったものを9枚だけと随分こじんまりした訴えでした。警察が聴取した、男がそんなことをした理由が呆れます。

彼は「駅員のアナウンスが高圧的だった」「(電車発着の際の)旗の振り方に腹が立った」などと言っているのです。駅員が男に対し個別になにか言ったりしたのではありません。ただ普通に業務をこなしていただけです。それを傍から見て「気に入らん」と言いがかりをつけられるのですから駅員も堪ったものではないでしょう。これでは自分が勝手に決めた思い通りにならないと泣きわめく2歳児となんら変わりません。どのように育てたらこんな大人が出来上がるのか不思議です。

しかし、男を笑ってばかりはいられません。今回は実際に紙のビラをまくという行為によるものでしたが、インターネット上には紙がないだけで同様に他人を貶める書き込みがあふれています。そのほとんどは傍観者が対象を自分の意に沿わないという理由で一方的に責め立てるものです。芸能人の不倫が報じられると、自身に実害があるわけでもないのに「絶対に許さない、とっとと画面から消えるべき」なんて正義感を振りかざし悦に入る人の多いこと。ビラをまいた男はまだ、自らの身体を張って行動に移しましたが、ネット上の書き込みは匿名で安全を確保した上でなされるだけ、ある意味卑怯で質《たち》が悪いかもしれません。いずれにせよ主張の自由は守られるとして、その方法はルールに則った正義を伴うものでなくてはなりません。そうでなければいかに正当な主張であっても共感を得ることはありません。

（2022/05/20）

ルッキズム批判への違和感

大阪にある近畿大学の学校案内に「美女・美男図鑑」が掲載されたことに対し、同大学の教職員組合がクレームをつけたというニュースが、2022年5月にありました。

近畿大学は水産研究所が完全養殖に成功したクロマグロを「近大マグロ」として大々的にＰＲするなどの知名度アップに努め、今や志願者数日本一を誇る有名大学です。そんな積極路線を展開する大学が作ったこの「美女・美男図鑑」とは編集者がキャンパスに繰り出し、これはと思った学生に声をかけ全身と顔の写真を撮り、所属する学部・名前・身長などと好きなタイプを聞き出して掲載したものでした。今回の学校案内には男女4名ずつの計8名が載っていますが、どの若者もたしかにタイトルに違わず美男美女ばかりです。学校案内は未来の大学生に「うちの学校は素晴らしい、ぜひ来て下さい」と訴えるものですから、その意味で素敵なお兄さん、お姉さんがほほ笑む今回の企画は効果が望めるでしょう。

学校側に立つ教職員としては喜ぶことはあっても、何が不満なのかと思ったところ「美男美女を前面に押し出すことでルッキズムを助長し差別に繋がる。これを公式の学校案内に載せるのはいかがなものか」というのですから、あまりの事なかれ主義に呆れます。

たしかに〝差別〟は良いことではありません。しかし、ブサイクをその容姿によって貶めるのは差別だとしても、その逆の美女美男を取り上げることのどこが差別なのでしょう。百歩譲って分けているとしても、それはブサイクと美女美男の区別をしているに過ぎません。差別と区別は違うのです。それでもなおそれも〝差別〟だというのなら、優劣をつけて選別するのは全て〝差別〟となってしまいます。そうなると入学試験での不合格は「勉強ができない学生を差別している」ことになり、近大は志願者全員を入学させなくてはならなくなります。

世の中には運動神経がいい人とそうでない人、勉強がデキる人とそうでない人がいるように、容姿のいい人とそうでない人がいるのですから素直に認めましょう。テレビでは美容整形や痩身支援のコマーシャルがこれでもか、と流れています。その内容は一重瞼を二重にしたり（二重の方が良いと言っているのも同然）、痩身支援にいたってはもっと露骨で、最初に重々しいBGMと共に太った姿を見せて、そのあとに明るいミュージックで痩せた姿を見せています。これではいくら「個性が大事、痩せているのが美しいのではない」と言ったところで、完全に「デブは悪」と言っているのも同じです。建前はあるにしても本音の部分を全否定する必要はありません。何にでも嚙みつく少数のクレーマーを気にするあまり「あれもダメ、これもダメ」の社会は生きにくくて堪りません。

(2022/05/20)

あだ名は差別のもとなのか

クラスメイトを呼び捨てやあだ名で呼ばず、「さん」付けで呼ぶよう指導する小学校が増えているというニュースが2022年5月にありました。その理由が身体的特徴を揶揄するようなあだ名はいじめにつながるケースがあるからだと聞いて考えさせられました。たしかに太った子に「ブタ」、眉毛の濃い子に「ゲジゲジ」、鼻の低い子に「平面ちゃん」は本人が傷つくかもしれません。しかし、足の速い子が「チーター」、料理の得意な子が「シェフ」など呼ばれてうれしいあだ名もあります。肝心なのは「他人の嫌がることをしてはいけない」と教えることで、その可能性があるから「一律禁止にしてしまえ」は怠慢以外のなにものでもありません。

わたしの年齢になると学生時代は遠い昔。同窓会に行ってもどこの誰だったかわからない人が多くなりました。しかし、名前は忘れてもあだ名は覚えているもので、それをきっかけに思い出し瞬時にその時代に戻ることができます。そんなあだ名がダメだなんて、今の子供たちが思い出さえも作らせてもらえないとしたら不憫でなりません。もっとも、子供のことですからそんな心配をよそに、いかに禁止したところで先生の見ていないところでは平気であだ名で呼び合うのかもしれませんが。

「さん」付けで呼ぶことを推奨しているのは学校だけではありません。社長、部長、課長など役職で呼ぶことが当たり前だった会社でも最近は「さん」付けに変えているところが増えているようです。その理由を役職で呼ぶことにより権威がちらつき、考えていることを率直に言えなくて風通しが悪くなる、これからの時代、閉塞感のある会社は生き残れないからとしています。一見もっともらしい理由ですが、そこまで言うなら役職そのものを廃止すればいいものを、それはそのまま残し呼ぶときだけ「さん」付けにすることでどこまで効果があるのでしょうか。

友人の会社でも社長が自ら「うちの会社もなんでも言えるよう役職呼びをやめて『さん』付けにする。もちろん私のことも社長とは呼ばないでくれ」と宣言したそうです。それに対して友人は「さすがに社長は社長でいいんじゃないですか」と言ったところ、「うるさい、ごちゃごちゃ言うな、わしが決めたことや」と頭ごなしに怒られたそうです。「何が風通しや、呼び方を変える前に自身の性格を変えろ」。友人の嘆きがむなしく響きました。

(2022/06/04)

結婚についての私見

恋愛や異性に対して執着の薄い男性を、肉（肉欲）を求めない草食動物になぞらえ「草食男子」と呼びますが、そんな彼らがさらに増殖中のようです。

政府が閣議決定した２０２２年版「男女共同参画白書」によりますと、20代男性のおよそ7割が「配偶者、恋人はいない」、さらにおよそ4割が「デートの経験がない」というのです。そしてその結果か50歳時点で配偶者のいない人の割合が男女ともに約３割に達しているのです。この事実が我が国の少子高齢化が進む要因になっていることは間違いありません。

子供の数を増やすには、まず夫婦を増やさなければなりません。そして夫婦になるにはその前提として恋人になる必要があります。にもかかわらず〝デートをしたことがない20代男性が４割〟もいてはどうしようもありません。

かつての10代後半から30代にかけての男性はわたしを含めて四六時中、女の子のことを考えていました。「どうしたら知り合えるか」、次に「どうしたら恋人になれるか」、さらに進んで「どうしたらあんなことやこんなことができるか」。頭の中はそれでいっぱいです。ですから「ラブアタック！」や「パンチDEデート」など男女交際のきっかけとなるテレビの恋愛バラエティー番組も大人気でした。

いま交際相手のいない理由を尋ねるとほとんどが「出会いがない」と答えるようですが、出会いのチャンスはいくらでもあるでしょう。なによりも現代には異性を求めて街中に出向かなくても知り合える「マッチングアプリ」なる便利なものがあります。しかし、そこからは表に出て生身の人間と触れ合う必要があります。

「恋人なんて束縛されるだけで面倒だ」と考えている若者も勇気をだして触れ合っていただきたい。画面越しでない生身の人間の温かさ、素晴らしさを必ず感じることができるはずです。また「収入が少ないから結婚できない」と悩んでいるあなた。ひとりでは苦しくても二人ならなんとかなることがいくらでもあります。慎重になるのは悪いことではありませんが、ここ一番での思い切りも人生の中では必要です。

「不幸な結婚生活よりも幸福な独身生活が優る、しかし幸福な独身生活よりも幸福な結婚生活が優る」

(2022/06/17)

労働は悪ではない

奈良市にある平城宮跡から、奈良時代に天皇の身の回りの世話をしていた女性役人「女官」の勤務評価に使われていた木簡が見つかったというニュースがありました。

これまでにも男性役人の木簡は出土していましたが、女官のものは今回が初めてで奈良時代の職業女性の日常を知る大きな手掛かりとなりそうです。木簡にはこの女官は59歳で年間329日出勤していたと書かれていました。現代の定年は60歳から65歳ですが、1300年前もそれに近い年齢まで働いていたとは驚きです。さらに現代人の年間120日ほどの休日に対し30日前後しか休んでいないとは、この女官がスーパーキャリアウーマンだったのか、あるいは強烈なブラック職場だったのか。

当時の律令では役人は月に原則5日の休みを取ることが定められ、これまでに出土した木簡ではその通りに出勤日は年間300日未満が大半でしたので、この女官のモーレツぶりがよくわかります。

現代でこそ週休2日が当たり前となっていますが、わたしの親世代が現役の頃、いわゆる高度経済成長期の休みは日曜だけで、もちろん祝日と日曜が重なった場合の「振替休日」もありませんでしたので、年間休日は盆正月を入れても70日ほどでした。それでもほとんどの人々は家族のため、会社のため、ひいては国のためと文句ひとつ言わず必死に働いて今日の豊かな日本の礎を築いたのです。それはアメリカの社会学者エズラ・ヴォーゲルの『ジャパン・アズ・ナンバーワン』に記されているように日本人の勤勉さによるところが大きいものでした。

その後もバブル期には「24時間戦えますか」のコマーシャルがあったように相変わらず日本人は働くことを厭わず世界有数の金持ち国となり、かつてはクイズ番組で「10問正解して〝夢〟のハワイに行きましょう」といわれていたハワイ（海外旅行）も日常のものとなりました。すべては日本人の頑張りの賜物です。

しかし、やがて「ナンバー1よりオンリー1」や「1番じゃなきゃダメなんですか？」のように、「そんなに頑張らなくても……」という空気が現れ、そうなると人間は楽な方に流れます。「給料さえもらえたらいい」と最低限の仕事しかしない社員が増え、さらに「残業はダメ」「有給休暇は絶対に取れ」という国の方針も相まって労働時間はどんどん短くなってきました。その結果が世界各国の経済力を測る指数のひとつ「ビッグマック指数」の41位（2022年7月時点）です。

誰もが楽して金儲けできればそれに越したことはありませんが、太古の昔から寝ていて豊かになることなんてありません。労働者の正当な権利を守ることに異論はありませんし、「死ぬまで働け」なんて言うつもりも毛頭ありませんが、少なくとも働くことが悪という風潮だけはいただけません。「もっと働いて金持ちになりたい」という若者の肩身が狭い社会に、明るい未来なんて来っこないと思うわたしは時代遅れの懐古主義者だと笑われるのでしょうか。

（2022/09/03）

個人情報過剰配慮社会を憂う

子供の保育園入園時の書類で血液型を書く欄があったが、その時点で子供の血液型を知らなくて困ったという母親の記事が、２０２２年10月にありました。

保育園ということはこの子はまだ3歳か4歳、あるいはもっと幼い可能性もあります。そんな子からの採血は容易ではありません。母親は保育園に「どうしても記入しなければなりませんか」と確認したところ「できれば……」との返答だったそうです。保育園側としてはいざという時のためにとの考えだったようですが、「いざ」とはどういう時でしょう。それは輸血が必要な時にほかなりません。しかし「大急ぎで輸血をお願いします。この子はA型です」といったところで医療機関が「はい、わかりました」と即座に輸血を開始することはありません。万一間違っていたら取り返しがつきませんから必ずその場で試薬を使った血液型の確認をします。ですから事前に血液型を知っていようがいまいが輸血にはなんら影響しないのです。血液検査がなくなり困るのは「血液型占いの易者」、反対に胸をなでおろすのは浮気妻だけです。

わたしが子供の頃の書類にはいまでは考えられない記入欄が多くありました。本人はもちろん、親兄弟の名前に生年月日や血液型、勤め先の電話番号、緊急用として親戚の連絡先、そのうえ親の出身校を書く欄まであったのですから個人情報も何もあったものではありません。

それに対し現在のあらゆる書類はいたってシンプルなものです。住民票の続柄欄は婚外子を差別してはいけないと長女・長男・二女・二男・養子という区別をやめてすべて「子」に統一されています。また、男女差別はいけないといって進学や就職の際の願書からは男女欄が消えています。以前のように○○男や○○子など名前から容易に性別がわかればいいのですが、男女どころか国籍さえわからないキラキラネームでどうやって選別しているのか不思議です。選考の過程で当然すべてはわかり合格不合格が決まるのですから、その効果がどれほどあるのかは疑問です。

差別が良くないのは言うまでもありませんが、なにかにつけ「差別だ」と叫ぶのはいかがなものでしょう。そのために本来しなければならない〝区別〟さえできないのはあまりにも不合理なことです。
（2022/10/14）

女子高生の裸になる権利について

男子は詰襟、女子はセーラー服と相場が決まっていた学生服も、最近ではブレザーやスーツタイプなど多岐にわたっています。女子の中には進学先の決定理由に「制服がかわいいから」を挙げる生徒もおり、子供たちにとっては「たかが制服」ではないようです。

そんな制服もここにきて大きな転換期を迎えています。LGBTQなど体と心の性が一致しない生徒に配慮して「男子は○○、女子は●●」という固定観念を取り払う動きが全国的に起きているのです。石川県でも来年度（2023年度）から県内の中高校で女子でもズボンを、男子でもスカートを選べる制服の導入を始めるそうです。その手始めとして津幡町《つばたまち》にある津幡、津幡南の町立2中学校で新しい制服のお披露目が行われたというニュースが2022年10月にありました。

この新制服はいままでの男子は詰襟の学生服・女子はセーラー服から、ブレザー型に変更され性別を問わずスラックス、スカートを自由に選べるようになっています。さらにネクタイ、リボンのどちらを選ぶのも自由という完全な「ジェンダーレス」です。両校生徒会執行部の6人がモデルを務めた新制服は、わたしの学生時代とはまったく違ったおしゃれなもので「(ブレザーは)学ランよりも軽く動きやすい」「女子もスラックスを選べるのは良いと思う」など、生徒たちにも好評なようです。

しかし、生徒たちの写る新制服姿の写真に少しばかりの違和感を覚えました。なぜならそこにはブレザーにズボンの男子生徒、女子生徒、ブレザーにスカートの女子生徒しか写っていなかったからです。なぜ、スカートをはいた男子生徒がいないのでしょう。

いままで同様の記事は何度かありましたが、ズボン姿の女子生徒はいてもスカート姿の男子生徒は皆無です。教育長が「性差に関係なく、自分らしいものを選び、多様性を認め合うことを学習してほしい」と言うのなら、スカートをはいた男の子がいても不思議ではありません。「女性のパンツ(ズボン)姿は街中でいくらでも見かけるのに対し、男性のスカート姿はないから」がその理由だとしたら、それこそが〝性差〟へのこだわり以外のなにものでもありません。

そもそもそこまで〝多様性〟と言うのなら、制服自体をなくし生徒の自由な服装を認めるほうがよほど〝多様性〟の尊重になるのにとも思ってしまいます。このように男女差別（その意図などなく、単に区別に過ぎないものも含めて）は絶対にダメという風潮の中で、福岡県では男子高校生から「上半身裸で体操させられる」運動会に対し「伝統の種目や演目が時代遅れに感じる。嫌な生徒も多いので、やめてほしい」との投稿が新聞社にありました。

投稿者によると、この体操は学校独自の集団体操のようなもので、男子全員が上半身裸になって「いち、に、さん、しっ」と声を上げながら2～3分間全員が同じ動きをするものだそうです。「女子も見ていて恥ずかしい。友達の中には、ガリガリの細い体形や色白の体を気にしている人もいて、嫌な思いをしている」というのが反対の理由のようですが、大人になれば「自分が意識するほど周りは見ていない」とわかるものも多感な年ごろだけに理解できないのでしょう。

それにしてもリゾート地の海やホテルのプールでは派手なビキニや小さなブーメラン

パンツを身に着け闊歩する一方で、水泳の授業では「男女一緒は嫌」「上半身をラッシュガードで隠させろ」と訴える今どきの若者の意識にはついていけません。ところで、男女で権利に差をつけられない現代で「わたしも上半身裸で体操がしたい」という女子高生が現れたとき、校長はどう判断するのでしょう。

（2022/10/22）

沈黙の職員室

山口県岩国市教育委員会が市内の小中学校に「職員室で生徒への個人的な感情を話さない」よう通達したというニュースが、２０２２年11月にありました。

これは10月に市内の中学校で職員室での教員たちの会話が4時間にわたって録音され、それが校内に漏れたことによりショックで生徒１人が登校できなくなった問題を受けてのものです。

会話の中には生徒の個人情報に関するものも含まれており、それが生徒の学習用タブレット端末に録音されたのですが、〝個人的な感情〟ということは「2組の○○はどうしようもない奴だな」などという悪口に近いものもあったのでしょう。生徒に合わせる顔がないのか会話を録音された教諭1人もそれ以来出勤できていないということです。誰がなんのために録音したのか、あるいは録音状態にしたままのタブレットに気付かなかったのかは定かでありませんが、職員室でさえ緊張を解いて自由にしゃべることのできない先生たちが不憫です。これでは「アホちゃうか」「そんなんカスや」「クズばっかり」がすぐ口を衝《つ》くわたしなんか間違いなく職員室出禁です。

一方、愛知県尾張地方の公立中学校では、男子生徒が学校から配られた学習用のタブレット端末で女子生徒の着替えを盗撮していたことがわかりました。中学校では体育の授業の前には男女別に分かれて体操服に着替えます。そこでこの生徒は女子の着替える部屋に事前に忍び込み、録画状態にしたタブレットを仕掛けていたのです。幸いにも女子生徒が録画に気付き教師に報告したことで被害はなかったようですが、いかに異性に興味津々の年頃だとはいえ同級生にその対象を求めた男子生徒は浅はかでした。

今回の事件で自身の性癖が学校中に知れ渡ったのですから卒業まで「針の筵《むしろ》」の毎日となることでしょう。それにしても、かつては「壁に耳あり障子に目あり」と言ったものを、壁も障子も小さなタブレットひとつで賄ってしまうのですから、えらい時代になったものです。
（2022/12/02）

「反フライドチキン」運動の厄介さ

動物愛護団体「動物の倫理的扱いを求める人々の会」が東京・渋谷にあるケンタッキーフライドチキンの店舗前でサンタクロースの格好をしてデモを行い、通行人に「ヴィーガン（完全菜食主義者）」になってクリスマスにチキンを食べるのをやめようと呼び掛けたというニュースが、２０２２年12月にありました。

肉や魚を食べない菜食主義者のことを一般的に「ベジタリアン」と呼びますが、「ヴィーガン」はさらにその上をいき、卵や乳製品、はちみつ、さらには毛皮や皮革まですべての動物由来のものを避けます。彼らの主張は「人間が自身の目的のために動物を利用する権利はない」。簡単に言えば〝動物が可哀そうだから、捕まえたり殺したりするのをやめよう〟というものです。

親は子供に「好き嫌いなくなんでも食べなさい」と教えます。その「なんでも」には米、肉、魚、野菜など文字通りすべての食品が含まれます。そしてその食品の範囲は地域によって変わります。日本人がとても食品とは思えない犬も韓国では立派な食材ですし、オーストラリアではワニも食べられています。これは食文化というもので、自身が食べないからといって批判するようなものではありません。肝心なのはお互いの文化を認め合うことです。

主義主張は人それぞれですから「わたしは野菜しか食べない」はいいでしょう。しかし他人にそれを強要するのは「大きなお世話」以外のなにものでもありません。わたしは肉が大好物で暇を見つけては焼肉屋に通っています。その際には肉だけでなくキャベツもコンロに乗せますし、もやしナムルも、もちろん白米も食べます。その結果、体調はすこぶる好調です。これがキャベツだけ、もやしだけだったらこうはいかないでしょう。動物愛護も結構ですが「ヴィーガン」の人たちはそんな偏った食生活で大丈夫なのでしょうか。彼らの掲げたプラカードには「すべての存在のために地球に平和を。ヴィーガンでいこう」と書かれていたそうですが、人間を含めたすべての生き物は食べなければ生きられません。そして〝平和〟のためには健康な身体が必要なのです。

動物のためとヴィーガンになったものの、それで健康を害したのでは「人間」という名の動物を虐待しているのと同じです。ケンタッキーも店の前で主力商品のチキンを「食べるな」なんて気勢を上げられさぞかし迷惑だったことでしょう。もっともそれを真に受け「食べるのやーめた」なんて人はいないでしょうから、今年のクリスマスも店頭には長蛇の列ができることでしょう。それにしても自分こそが正しいと信じて疑わない人ほど厄介なものはありません。そのうち動物園のライオンの檻の前でも「ヴィーガンでいこう」と言いかねません。

(2022/12/19)

チンチンを軽視するなかれ

女性を自認する男性（戸籍上）が、外科的手術を受けていないことを理由に1審・2審ともに女性への性別変更を認められなかったのは憲法に反するとして行った特別抗告に対し、最高裁は審理を大法廷に回付したというニュースが2022年12月にありました。これにより今までの性別変更の規定に改めて憲法判断が示されることになります。

現在の性別変更要件には、生殖機能を欠く状態にある（手術要件）、未成年の子供がいない（子なし要件）、複数の医師に性同一性障害と診断されている、18歳以上、結婚していないなどが定められています。女性に性別変更して〝妻〟として迎えた元男性が他所で子供を作ってきたら〝夫〟は困ります。また、男性だと思っていた夫がいきなり女性になったら妻は仰天です。ですから現在の規定は極めて合理的なものでしょう。

しかし今回、裁判所に申し立てを行った戸籍上の男性は、手術要件は後遺症のリスクや100万円程度の費用がかかるだけでなく身体への負担も大きいのに、それを要件とするのは〝憲法違反〟だというのです。シンプルに考えて、もし手術要件がなくなると「チンチンをもつ女性」が現れることになるのです。銭湯の女湯にチンチンをぶらぶらさせた〝女性〟が入ってきたらどうでしょう。「キャー」という元々女性の声に対し、おもむろに戸籍抄本を取り出し「心配しなくてもいいのよ、わたしは女だから」。これが通るのなら手術なしもいいでしょう。

しかし、それで本来の女性が納得するなんて思えません。全員が「チンチン付きはあっち」と男湯を指さすはずです。性同一性障害は非常にデリケートな問題ですから、一概に「こうだ！」と決めつけるのは憚られますが、山奥の一軒家に一人で暮らしているのならいざ知らず、社会という他人との共存が不可欠な場ではあまりに強い自己主張は〝わがまま〟としか映らず、それでなくても賛否が分かれる性別変更論議に向かい風にしかならないのでは、と思うのですが。

（2022/12/19）

女性専用車両の根本的な矛盾

２０２３年1月18日、東京都営地下鉄大江戸線で「女性専用車」の運用が始まりました。都営地下鉄では２００５年の新宿線に続く2路線目だそうです。首都圏や近畿圏など人口過密地域の列車には、当たり前のように「女性専用車」が設けられています。この車両はラッシュ時における満員電車内での痴漢行為を防ごうと始まったもので、その起源は１９１２年（明治45年）1月31日に当時の東京府の中央線で朝夕の通勤・通学ラッシュ時間帯に登場した「婦人専用電車」だとされています。

卑劣な痴漢からか弱い女性を守る「女性専用車」の存在に異論はありませんが、初登場してから110年で社会状況は大きく変化しました。なによりも女性の社会的地位が向上し、あらゆる場面で男性と差をつけることが禁じられています。時代が変わろうと男は男、女は女と考えるわたしは「生物学的に体力で劣る女性は男性に守られて然るべきだ」と思うのですが、そんなこと言おうものなら「女性蔑視だ」と叱られかねません。「劣る」「弱い」「低い」などのネガティブな言葉は、その本意がどこにあろうと「差別」に結び付けられてしまうのです。そんな〝平等主義〟の現代に女性限定の「女性専用車」とは。

毎日ラッシュ時に通勤している友人は、空席の目立つ「女性専用車」を横目に、いつも満員の一般車両に立っているとこぼします。彼は「男性専用車」がないのは差別だといいますが、元が男が原因の痴漢対策だけにあまり説得力はありません。しかし、よく考えてみれば痴漢が狙うのは女性だけではなく、男性が好きな痴漢もいます。さらに〝見た目〟で決めつけてはいけないLGBTの人々の権利も認めなければなりません。今後「女性専用車」は〝心身共に女性〟〝身体は女性だが心は男性の座りたい人〟〝身体は男性だが心は女性〟〝男が怖いか弱い男性〟で満員になるかもしれません。

ちなみに鉄道会社の見解は自身が女性だと認識していれば「女性専用車」へ乗車できるそうです。

(2023/01/20)

太郎と書いて「じろう」と読む

法制審議会の戸籍法部会が、いままで戸籍に記載されていなかった氏名の「読み仮名」を必須とすると共に、読み方の基準を定める戸籍法改正の要綱案をまとめたというニュースが、2023年2月にありました。

現状では名前の読み方に決まりはなく「尚樹」も（なおき）（しょうき）（しょうじゅ）いずれもOKです。さらにこれは（たろう）だ、と言い張ればそれも認められるのです。しかし、昨今「どう読んだらいいの」という、いわゆる「キラキラネーム」が増えてきて、このままでは収拾がつかなくなると考え今回の改正が行われるようです。

実在する「キラキラネーム」では、美気意（みっきー）や美似意（みにー）はまだなんとか読めますし、核（あとむ）や海（まりん）も頑張ればたどり着けるかもしれません。しかし、光宙（ぴかちゅう）、泡姫（ありえる）、今鹿（なうしか）となるともうお手上げです。

今回の改正案では「氏名に用いる文字の読み方として一般に認められているもの」と読み方を認める範囲に一定のルールを設けることにしており、具体的には「高（ヒクシ）」など本来の意味にそぐわない、「太郎（ジロウ、サブロウ）」など一般慣習とかけ離れている、「太郎（ジョージ、マイケル）」など意味不明のものは許容されない見込みです。

「キラキラネーム」が〝音〟を重視しているのに対し、かつての名前は〝意味〟重視でした。子だくさんでもうこれ以上はいらないとしての「トメ」や「末吉」。そして時代が昭和になるとそれを祝し「昭夫」や「和子」。憧れの人の名前をそのまま自分の子供につけることもありました。「荒木大輔」選手が甲子園で大フィーバーを巻き起こした年に生まれた子供の多くが「大輔」と名付けられました。その中の一人が18年後、甲子園に現れた「松坂大輔」選手です。彼もまた大活躍で高校野球史に大きな足跡を残したことから、高校野球ファンの親の多くは我が子の名を「大輔」としました。その結果、18年周期で甲子園に「大輔」が帰ってくるのは愉快なことです。

子供の健やかな成長と明るい未来を願わない親はいないでしょう。どんな名前でも大きな愛情が詰まっていますが、できることなら平凡でも親しみがもて、かつ周囲が覚えやすいものがいいのでは。なぜなら名前は一生ものですから。

(2023/02/12)

一般論が許されない風潮

皆さんこんにちは、〝人気〟YouTuberの百田尚樹です。

最近でこそ週刊誌連載の仕事が入り執筆に追われていますが、ここしばらくは書くよりしゃべる時間の方が長くなり「作家」を名乗るのが憚られ、すっかりYouTuberになってしまいました。そんなYouTuberは配信する動画のジャンルによって分類されます。主に内政、外交についての「政治系」、パチンコ、パチスロや競馬などに特化した「ギャンブル系」、ネコやイヌのかわいらしい姿が満載の「ペット系」など、中には「炎上系」「迷惑系」など困ったものもあります。わたしはといえばコロナワクチンについてしゃべったと思ったら、そのすぐ後に大谷選手の話題、さらには漢字についてと思いつくまま気の向くまま何でもありですから、さしずめ「雑食系」といったところでしょうか。

今回は、チャンネル登録者数100万人を超える「料理系」YouTuberの男性料理研究家が2023年2月、謝罪に追い込まれたという話題です。彼がいったい何を謝らなければならないようなことをしたのかというと、ツイッターでカレーのレシピを紹介した際に、その分量を「男性なら1人前、女性なら2人前分あります」と記したからと聞いて呆れてしまいました。批判者は「女性が少食とばかり思うな」「男女で飯の量勝手に決めないでくれ」と憤っているようですが、相手が料理研究家だからといってなんでも「食いついて」いいわけではありません。

〝一般〟的に女性は男性に比べて体格が小さく、そのため食べる量も少なくなりがちです。もちろん例外的に大食いの女性もいます。しかし今回、彼が言ったのはあくまでも〝一般〟論であって、それがダメと言うのならもう何も言えなくなります。我こそが正義とばかりに因縁にも似た言葉狩りが蔓延する社会は窮屈で仕方がありません。

　分量といえば市販薬のパッケージに書かれている用法ほど不思議なものはありません。多くが大人は3錠、子供は2錠など大人と子供でその服用する量をわけているのです。大人は大きく、子供は小さいからというのはわかりますが、ともに20歳の大人で体重40kgの小柄な女性と160kgの力士が同じ3錠とはどう考えても不自然です。そういえば多くの人が副反応に悩まされたコロナワクチンも女性の方がその程度が重かったと聞きます。多分、男性と同じ接種量だったのでより強く反応したのでしょう。

　おっと、こんなことを言ったらまた「身体の大きな女性もいる」と噛みつかれかねません。くわばらくわばら。


(2023/02/26)

〝自称女〟をどうするのか

生まれた時の体の性とは違う性として生きる「トランスジェンダー」の当事者らが

「『心は女だ』と言うだけで女湯に入れる」などのSNS上での差別的で不正確な発言に対し抗議したというニュースが、2023年3月にありました。

これは現在審議されているLGBT理解増進法案が通れば「チンチンをぶら下げた〝自称〟女性」が女湯に入ってくるという危惧に対してのものです。〝彼女〟たちは「そもそも自分は女子風呂に入れないと思って諦めています」「本当に人目を気にしながら、社会の中で自分がどういうふうに性別が見えているんだろうかと気にしながら暮らしています」と法律を盾に大手を振って女湯に侵入することはない、それなのにチンチン付きのトランスジェンダーをあたかも犯罪者のごとく言うのは許せないとしています。

はっきり言ってわたしは、この法案が成立すればチンチン付きの〝自称女〟が間違いなく女湯に入ってくると思っています。しかし、それは文字通り自称だけのエセトランスジェンダーのことです。

たしかに本物のトランスジェンダーは心が女性ですから、女性の気持ちを理解しそんな行動はとらないでしょう。それに対し、心は男のままで、ただ「女の裸が見たい」だけの〝自称女〟は、法律で守られるとなればやりたい放題です。法案反対派が恐れているのはそんな輩のことで、決して本物のトランスジェンダーのことではありません。

そしてもっとも不愉快なのは反対派の意見を封じ込めようと、今回のニュースのようにトランスジェンダーの人たちを担ぎ出してくるマスコミです。彼らは反対派がＬＧＢＴの人たちのことを全く理解せず荒唐無稽なことを言っているかのごとく報じ、声を上げにくくなる雰囲気を作ろうとしているのです。多くの善良なトランスジェンダーはそんな世論誘導のために自分たちが利用されることは堪らないでしょう。

「少数意見の尊重」「弱者の救済」とは異論をはさみにくい耳触りの良い言葉ですが、少数派のために大多数が我慢、いや被害を強いられる社会を「差別のない社会」とはいいません。

(2023/03/18)

障碍者差別は許せない、が……

シンガポール航空が機内で差別を受けたオーストラリア国籍の23歳の女性に謝罪したというニュースが、２０２３年３月にありました。

機内での差別とはいったいどんなものだったのでしょう。搭乗時に靴を脱いで入るように言われたのか、ファーストクラスのチケットを持っていたのに身なりを見てエコノミーに案内されたのか、はたまたひとりだけ飲み物のサービスを受けられなかったのか……。それが彼女が当初予約していた座席を移動させられたことと聞いて考えさせられました。

なぜなら、この女性が座っていたのは緊急脱出用の非常口の前で、なおかつ彼女は左腕の肘から下がない障碍者だったからです。非常口の前は前方に座席がないため足を伸ばしてゆっくり座れるのでひそかに人気がある席ですが、その代わり緊急脱出などの非常時には「扉を開ける」「ほかの乗客の脱出を補助する」などの〝義務〟があります。そのためシンガポール航空は非常口付近の座席に座ることができない乗客として、「妊婦や15歳未満、乳幼児などの介助者、この他に特別な支援が必要な乗客」と規定しています。

彼女はこの〝特別な支援が必要な乗客〟と判断されたのです。それに対し女性は「自分はいかなる助けも必要ではない」と話していますが、それは自身がそう思っているだけで間違っています。この席に座る乗客は前述のように、緊急時にほかの乗客を助けなければならないのに、片腕がない彼女がその使命を全うできるとはとても思えません。

航空会社が最も重要視するのは安全運航です。いつもニコニコ優しく接客してくれるCAさんも、ひとたび緊急事態に陥れば保安要員として乗客の安全確保に徹します。それまでの優しい口調から一転して「止まって」「伏せて」等の命令調になり笑顔は一切ありません。ちなみにCAの化粧が一般的に濃いのも緊急時に薄暗くなってもCAだとはっきりと認識してもらうためです。そんな具合に常にいざというときを想定しているのですから、座席移動を強制するのも何をおいても優先される安全運航のための措置として当然です。

女性は後部の座席に移動するよう求められたことが屈辱的に感じられたと話していますが、その代替席がビジネスクラスだったとしても同じようにクレームをつけたのでしょうか。彼女の中に「障碍者の自分は優遇されて当然」との思いがあったとしたら残念なことです。記事の中に彼女は欧州旅行を終えた後の帰り便でも同じ経験をしたとありましたが、ひょっとしたら彼女は毎回その席を確保して、〝何か〟を求めているのでは。


（2023/03/24）

トップレス・スイマーが許可された

ベルリンの壁は本来ひとつの国であったドイツを西側と東側に隔てる東西冷戦下における象徴でしたが、1989年の東欧革命による東ドイツ国内の混乱に乗じ撤去されました。いわゆる「ベルリンの壁崩壊」です。そして今回またベルリンでひとつの「壁」が崩壊しました。ベルリン市内の市民プールを女性が男性と同じようにトップレスで泳ぐことが認められたというニュースが、2023年3月にありました。

これは2022年12月、女性水泳選手が胸を隠さずに市民プールで泳ごうとして止められたことをきっかけに市当局が既存のルールを見直したもので、ジェンダーの平等に向け一歩前進したとして歓迎されているそうです。

オリンピックを見てもわかるように女性スイマーの身体は例外なく胸から股間にかけ水着で覆われています。それがこれからは海パン一丁の女性スイマーが現れるというのです。この〝男女の壁崩壊〟を「なんと素晴らしいことでしょう。どんどんさらけ出してください」と多くの男性は歓迎するでしょうが、公序良俗的観点から見ると喜んでばかりもいられません。彼女らの言い分は「男性は胸を出しているのに女性が出せないのは差別だ」というものですが、男性の乳首と女性のそれは明らかに異質のものです。女性の胸は間違いなく性の対象であり、人口の半分を占める男性を惑わすものだからです。

不意にオッパイが露《あらわ》な女性が目の前に現れて平然としていられる男性がどれほどいるでしょう。ある調査によれば全裸の女性の前に突然男性が現れた場合、半数以上の女性はとっさに股間より胸を隠すそうです。言うならば女性の胸は男のチンチンと同じようなもので、強烈な破壊力があるのです。

海外にはヌーディストビーチという上だけでなく下までも丸出しの場所があるのに今さら騒ぎ立てることはないと思う人がいるかもしれませんが、そこが愛好者という限られた人のみが集まる閉鎖された場所なのに対し、今回は〝市民〟プールという誰もが入れるまったくのオープンな空間だという明らかな違いがあります。裸になるなとは言いませんが、子供も集うそんな場所でのそれはいかがなものでしょう。なにごともＴＰＯが大切です。「差別はダメだ」ですべてを片付けるのは簡単なようですが、実はなにも片付いていないのです。なにはともあれ、今年の夏はベルリンのプールで監視員のアルバイトでもするとしますか。へへへ。

(2023/03/18)

ギャンブルに金を賭けるな?

外部からの苦情で企業や団体が謝罪に追い込まれる事案が相次ぐ昨今ですが、今度は滋賀県が運営する競艇場「ボートレースびわこ」がターゲットになったというニュースです。

謝罪理由は公式YouTubeチャンネルの番組内で、2023年3月に不適切な発言があったというものですが、その内容が出演者の「この番組を盛り上げるために全力で金を賭けてやってるんです」というものだと聞いてわけがわからなくなりました。ボートレースはいうまでもなくギャンブル(金を賭けるもの)です。その公式チャンネルの出演者が番組を盛り上げるために「金を賭ける」と言うことのどこが悪いのでしょう。批判者は「依存症対策に配慮できていない」と怒り心頭のようですが、番組の視聴者はそのほとんどが競艇ファンです。そんな人たちは出演者が言おうが言うまいが放っておいても舟券を買うでしょう。それともビールメーカーが浴びるほど飲ませて売り上げ増につなげたいのに「飲み過ぎに注意」、消費者金融がじゃぶじゃぶ貸し付けたいのに「ご利用は計画的に」と申し訳程度の小さな字で書くように、今回も小さな声ででも「賭け金はお小遣いの範囲で」などと言えばよかったのでしょうか。

謝罪の最後には「今後は管理体制を強化し、出演者、運営一同、『ボートレースの楽しさを伝える』という本来の趣旨に則った番組作りに精進して参ります」と綴っていますが、いったい何を言っているのやら。

ボートレースファンの一番の楽しみは舟券が当たることにほかならず、ただ水面をぐるぐる回るだけのボートのどこに〝楽しさ〟があるのでしょう。「射幸心を煽って申し訳ない」とそこまで平身低頭して謝るのなら、そもそも射幸心を煽ることで成り立つギャンブル（ボートレース）なんて開催しなければいいのです。苦情が来たから「とりあえず謝ってほとぼりが冷めるのを待とう」なんて安直な解決策は感心できません。

そして苦情を申し立てた人たちにも言いたい。今回の番組は一部の愛好家が自ら選択して視聴するYouTubeチャンネルのものでしたが、マニアだけでなく老若男女すべての国民が見るテレビからは毎週「今度の日曜は○○賞」とＧＩレースを告知するＣＭが流れてきます。あなたたちは全視聴者を煽る中央競馬会と、それを嬉々として放送するテレビ局にも文句を言っているのですか、と。

(2023/04/21)

エロ教師の権利主張

２０２２年10月に懲戒免職処分を受けた50代の元山形県立高校男性教諭が、退職手当が支給されないのは不当だとして処分取り消しを求める訴えを山形地裁に起こしたというニュースがありました。

民間会社もそうですが、一般的に懲戒解雇や懲戒免職に退職金は支払われません。クビには値するものの情状酌量の余地のある場合には諭旨解雇や諭旨免職として「退職金は払うけどさっさと辞めてくれ」となります。それほど懲戒免職は悪質な場合に適用されるものなのです。

さて、この男性元教諭がいったい何をして懲戒免職になったのか。なんとこの男は教え子の女子生徒に手を出してクビになったといいますから呆れます。彼は2022年7月、部長を務めていた運動部が大会出場のため遠征先のホテルに宿泊した際、夜にマッサージ名目で女子生徒を自室に呼び、肩をもませた後、キスをするなどのわいせつな行為をしていました。

飲酒運転で事故を起こした、内緒の副業で荒稼ぎしたなど免職になる理由はいろいろありますが、その中でも教師が自身を信頼している生徒を毒牙にかけるのは最も悪質な行為です。そんな一切の言い訳が許されないことをしておきながら「この処分はおかしい」なんて盗人猛々しいにもほどがあります。元教諭の退職金は約1914万円だったそうです。50代ということであと数年でそれが手に入ったのにと考えるとどうにも諦めがつかなかったのでしょうが、その前にそれほどの悪事を働いた自身を責めるべきです。

訴状で計画性はなかったなどと主張しているそうですが、計画したことであろうがなかろうがそんなものは大した問題ではなく、やった行為そのものが大問題なのです。公務員の懲戒免職は本来、公表されるべきものでしたが、今回の事案は被害生徒を守るためにされていませんでした。元教諭がそれを見て「なんだ公表するほどのこともないのか。それなら処分が厳し過ぎる」と思ったのならとんでもない勘違いです。

県教委の担当者が「教員によるわいせつ行為は決してあってはならないこと。再発防止に引き続き努めてまいりたい」と言うのは当然で、裁判所も「なにがあっても生徒たちを守る」気があるのなら、こんな恥知らずな男の言い分などさっさと門前払いにするべきです。


(2023/04/28)

朝日はテロを肯定するのか

1987年5月3日、兵庫県西宮市の朝日新聞阪神支局に侵入した男が散弾銃を発射し、そこにいた2人のうち当時29歳の記者が死亡し、もう1人が重傷を負うという事件が発生しました。事件後、朝日新聞に「天罰をくわえる」という赤報隊を名乗る犯行声明が届き、何者かが暴力によって朝日新聞の言論を封じようとしたことがわかりました。

それから36年、朝日新聞の紙面には毎年この日になると「テロには屈しない」との文字が躍ります。暴力によって自身の主義主張を通すことは絶対に認められません。理不尽なテロによって亡くなられた若き記者の方を想うと、さぞかし無念だったろうと同情の念を禁じ得ませんが、組織としての朝日新聞が「テロに……」と言うのにはいささかの違和感があります。なぜなら朝日新聞は２０２２年7月、選挙活動中にテロによる銃弾に倒れた安倍元総理を貶める記事を連日掲載し、多くの読者に誤った情報を流し続けていたからです。

記事はテロそのものを責めるよりも犯人の過去に焦点を当て、その行動も安倍さんに責任があるから〝仕方がない〟という論調でした。彼らにとっては憎むべきテロより〝安倍憎し〟の思いのほうが強かったのでしょうが、仮にもマスメディアを標榜するのなら、それは絶対にしてはいけないことでした。朝日新聞のネガティブキャンペーンの最たるものは国葬儀が発表された直後の「朝日川柳」です。

このコーナーは読者から投稿された川柳が7句掲載されるのですが、「銃弾が全て闇へと葬るか」「これでまたヤジの警備も強化され」など安倍氏を揶揄するものが次々と選ばれ、7月16日には「疑惑あった人が国葬そんな国」「死してなお税金使う野辺送り」「動機聞きゃテロじゃ無かったらしいです」など、なんと採用された7句すべてが安倍氏が銃撃されて死亡した事件や国葬を揶揄する内容でした。「いやいや、川柳は読者からの投稿です」といったところで、最終的に掲載したのは朝日新聞ですから知らないでは済みません。なによりも選者は朝日新聞元記者で在職中は朝日新聞の看板ともいえる「天声人語」を担当する等、まさに〝朝日そのもの〟とも言える人物でしたから、採用句は朝日新聞社自体の見解といってもいいでしょう。

そんな新聞社に「テロは絶対に許さない」と言われてもまったく説得力はありません。

(2023/05/07)

女性の安心を犠牲にするな

2023年4月14日、東京・新宿に超高層複合施設「東急歌舞伎町タワー」がオープンしました。このビルは高さ約225mの威容を誇る地上48階、地下5階の建物で、中には映画館や劇場、ライブホール、飲食店などが集まっており、戻りつつある外国人観光客などで連日にぎわっているそうです。ところがこの新人気スポットのトイレをめぐり、SNSなどで不安の声が相次いでいるというニュースがありました。

普通のトイレは〝男性用〟と〝女性用〟の2ヶ所あるものですが、なんとこの「東急歌舞伎町タワー」の2階部分には〝男性用〟（小用のみ）と性別に関係なく利用できる〝ジェンダーレストイレ〟しかないというのです。この階のトイレは入り口が左右に分かれており左側は男性の小便用トイレ、右側の入り口から進むとジェンダーレストイレ＝5基、女性用トイレ＝5基、男性用トイレ＝2基、多目的トイレ＝1基の4種類のトイレが同じ空間内に設置されています。計13基の個室は上下に隙間がなく密閉された構造となっており、それぞれのトイレの種類ごとに洗面台は共用となっているそうです。すなわちおしっこだけの男性以外は老若男女全員が右側に進むことになるのです。安全確保のために防犯カメラによるトイレ共用部の常時監視、高頻度の清掃、警備員による立哨警備（不審者がいないか立ったまま監視する警備）などを行うとしていますが、場所が場所だけに「常に見られている」というのも気持ちのいいものではありません。

トイレという最もプライベートな空間が女性にとって寸分も気の抜けない、また恐怖に感じる場所になることに誰も反対しなかったのが不思議でなりません。施設側は設置の理由を「国連の持続可能な開発目標（ＳＤＧｓ）の理念でもある『誰一人取り残さない』ことに配慮した」と言っていますが、そもそもＳＤＧｓの目的は人類がこれから先も『幸せに暮らしていく』ために定めた目標だったはずです。それを1％未満の人たちのために50％を占める人たちの安全を脅かそうとするのですから困ったものです。

ただＳＤＧｓという言葉に酔っているだけで本質を完全に見失っています。こんな〝ジェンダーレストイレ〟は女性にとっては同じフロアにいながら使うことのできないなんとも〝不便〟な〝便所〟でしかありません。〝男性用〟〝女性用〟でなくどうしても〝ジェンダーレストイレ〟を作らなければならないのなら〝女性用〟と〝ジェンダーレストイレ〟にするべきでした。なぜなら女性は男性より間違いなく弱いので優先して守られるべきだからです。この考えを「女性蔑視」と批難するならすればいい。わたしはそんなことより全女性の安全安心を優先したいのです。

（2023/05/12）

平等という名の思考停止

6月も後半に入ると、30度を超える真夏日となる日も増えてきます。最近の学校はエアコン完備のところも多く昔ほど暑さに苦しむことはないようですが、それでも教室内がすこぶる快適な空間でないのは変わっていません。そんなときに子供たちが期待するのが授業でありながら水の中で存分に涼をとれるプール学習です。

北海道・函館市内の全市立小学校の２０２３年度のプール学習が中止になったというニュースがありました。函館市立小学校では毎年7月から9月にかけてプール学習が行われますが、すべての学校にプールがあるわけではありません。学校の敷地内にプールのない小学校は市内に20校あり、１校は徒歩で行ける市民プールを利用し、残りの19校はプールがある学校までバスで移動していました。ところが今年はバスの運転手が不足し、必要台数が確保できないというのです。

その背景には２０２０年からのコロナ禍があります。この3年間、日本中の学校であらゆる団体行動が規制され、函館市立小学校のプール学習も例外ではありませんでした。その間、もちろんバスは必要ありません。市教委はそれまで学年ごとに年３回の授業ができるようにバスを手配しており、2019年は延べ約350台のバスを動員していました。それがいきなり0となったのです。そのため運転の機会を失った運転手はバス会社を辞め、また2023年になって旅行需要が増加したこともあり業界全体で運転手不足となったのです。

さすがに移動手段がなければプール学習の中止も止む無しですが、市教委が下した判断はプールが完備された学校も含めた市内の全小学校でプール学習をしないというのですからわけがわかりません。目の前にプールがあっても「使ってはならぬ」とはいったいどういう了見なのでしょう。

市教委は「プールのある学校だけ実施すると、教育格差が生じてしまう」と一律中止の理由を説明していますが、保護者からは柔軟な対応を求める声が上がっているといいます。当然でしょう。すべての子供たちが等しく教育を受けることにこだわるあまり、一方で目の前にあるプールに入る子供の権利を奪っていることにどうして気が付かないのでしょう。「格差はダメだ、平等が一番」といったところで、そもそもプールのある学校とない学校が存在すること自体が不平等です。プールを使える学校は予定通り使い、使えないところは他の手段を見つける。各所がその時その時に出来得る最良のことをすればいいのです。全員横並びの過度の平等主義は提供側の自己満足に過ぎません。

（2023/06/17）

『君が代』が放送禁止だったとは

大分市の中学校で昼食の時間中、生徒3人が校内放送で国歌『君が代』を流したことに対し、教師が「ふさわしくない」と指導したというニュースが2023年5月にありました。この学校では普段の昼食時に生徒が選んだポップ系の音楽を流していましたが、その日は放送時間が余ったため、生徒の判断で『君が代』を使用したということです。気づいた教師が放送室に駆け込み「ふさわしくない」と指導しましたが、3人のうち1年の男子生徒1人がその場で膝をついてうずくまり体調不良を訴えたことからも、それは〝指導〟という名の〝叱責〟だったことは明らかです。

学校側は「生徒が悪ふざけで『君が代』を流したわけではないと思われるが、昼食の時間はふさわしくない。教師の指導も適切だった」と説明していますが意味がわかりません。「国歌に敬意をはらわずふざけていたから叱った」のなら理解できますが、そうでないのなら何を咎めることがあるのでしょう。たとえ流したのがアメリカ国歌、フランス国歌だったとしても何ら問題はありません。ましてや〝日本〟の学校の〝日本〟の生徒が〝日本〟の国歌を流すことをふさわしくないと言う方がよほど間違っています。これでは海上自衛隊の艦船の旭日旗に対しいちゃもんをつける反日国となんら変わりません。生徒より学校の方こそ〝指導〟を受けるべきです。

わたしの学生時代には校内放送から流れてくる曲といえば、クラッシックやフォークソングなど音楽の授業で習うものばかりでしたが、ポップ系など生徒の好きなものをかけられるなんて素晴らしい時代になりました。それだけ生徒の自主性、多様性が認められている中での今回のニュースは残念でなりません。

国家が国民に対して行う教育の第一歩は愛国心を育むことから始まります。ですから、その芽を踏み潰すような反日教師は〝日本〟の学校にいてもらっては困るのです。非常に不愉快で納得のいかないニュースでしたが、唯一放送室の生徒の手の届く位置に『君が代』の音源があったことだけは日本人として嬉しく思いました。

（2023/06/02）

『君が代』を知らない子供たち

２０２３年3月、大阪府吹田市の教育委員会が市内の全小中学校を対象に『君が代』暗記状況調査を行っていたというニュースがありました。これは市議会において「子供たちがどれくらい『君が代』と校歌の歌詞をおぼえているのか」という質問をした自民党市議に応えたもので、担任教諭が子供たちに挙手を求めるなどして調べた結果を提出していました。

日本の学校で日本の子供たちが日本の国歌をどれくらい覚えているかを調べたのです。それに対し教職員組合が「各校の状況を数値化することで指導を促す意図がうかがえる。国歌の強制につながりかねずやり過ぎだ」と反発して市教委に抗議文を提出するのですからわけがわかりません。彼らは自分の教え子が可愛くないのでしょうか。21世紀の子供たちです。これからの人生で外国の人たちとの出会いも数多くあることでしょう。そして自国の国歌を披露する機会があった時に「知らない」なんて、これほど惨めなことはありません。
わたしは子供たちをそんな目に遭わせたくないのです。百歩譲って国歌が好き、嫌いは自由だとしましょう。しかし、「知らない」はあり得ません。記事では調査結果を明らかにしていませんが、もし覚えていない子がいた日本の学校では日本の子供たちに今すぐ日本の国歌を教えるべきです。『君が代』は1999年、国旗・国歌法の成立で法的に国歌と位置づけられています。日本に生まれ日本に育つ子供たちは例外なく日本を好きになる権利を有します。それを脅かすような反日分子には日本の未来を担う子供たちを育てる教育現場にいてもらっては困るのです。

(2023/07/09)

男女兼用トイレへの本音

徳島県にあるJR高徳線・勝瑞《しょうずい》駅のトイレがプライバシーへの配慮を欠いていて利用

できないと、女性らから苦情の声が上がっているというニュースが、２０２３年6月にありました。

この駅は特急列車も停車する地域の基幹駅で、近隣には高校や国指定史跡・勝瑞城館跡などがあり利用者が多いにもかかわらず、駅舎の南側に設置されたトイレは男女兼用で男性用小便器と和式便器が各3台据え付けられただけの簡素なものでした。さらにその出入り口には扉やついたてがないだけでなく駅のロータリーに向かって開いており、通行人からはトイレの内部が丸見えの状態だといいます。駅を利用する女子高生が「恥ずかしくてとても使えない」と不満を口にするのはもちろん、近くで喫茶店を営む女性は「駅のトイレが使えないので、店に借りに来る人が頻繁にいる」と不満を漏らすなど、すこぶる不評な施設となっています。

利用者および近隣からは再三改修の要請があるようですが駅にはまったくその予定はなく、現在の駅舎が整備された１９５７年以降、構造はほぼ変わらないまま現在に至っています。１９５７年といえば昭和32年です。当時はまだ個人の権利（人権）意識も低く、また〝恥ずかしさ〟の概念もいまほど強くありませんでしたので、列車の中で母親がオッパイ丸出しで授乳する姿も普通に見られましたし、田んぼのあぜ道で立小便する女性もいました。ですから〝男女兼用〟も受け入れられたのでしょうが、さすがに現代では通用しません。

さらにそれがニュースになった今、もはや改修せざるを得ないでしょう。さあ、そこでです。記事ではトイレの内部が外から丸見えになることが一番の問題のようになっていますが、それでは仕切り板を設けて見えなくすることが正解なのかというと疑問です。なぜならこのトイレは〝男女兼用〟だからです。丸見えのおかげで性犯罪が未然に防げていた側面があることを考えると仕切りの設置には不安が残ります。

かようにトイレという極めてプライベートな空間には多方面からの考察が必要なのです。そしてこの問題は勝瑞駅だけのものではないのです。なぜなら、間もなく事実上の男女兼用となる日本中の女性用トイレで安心のために「見られている恥ずかしさ」を捨てるのか、恥ずかしさのために「見られている安心」を捨てるのかの究極の選択が始まるのですから。

(2023/07/09)

朝日は今日も横暴だった

朝日新聞東京本社映像報道部に所属する52歳の男性写真記者が住居侵入の疑いで書類送検されたというニュースが、２０２３年６月にありました。この記者は５月25日に長野県中野市で発生した、警察官を含む男女４人が殺害された事件で容疑者が立てこもった現場の住宅の敷地内に翌26日未明、取材のため無断で立ち入っていました。殺人現場ですから当然そこは規制されています。すぐに警察官が近寄り退去を求めましたが記者はなんだかんだと言いながら10分ほどとどまっていたそうです。

記者は朝日新聞の社内調査に対し、「撮影取材の中で、別の場所が現場だと思い、立てこもりの現場とは知らずに立ち入った。とどまったのは休憩のためだった」と説明しているそうですが意味がわかりません。事件の取材に行っておきながら現場がわからなかったはないでしょう。なによりそこは規制線テープで囲われていたでしょうし、そのうえ警察官に「さっさと出ろ」と言われていたのですから。それを言うに事欠いて「何でもないところで休憩していただけ」なんて開いた口がふさがりません。

この記者は52歳です。新卒で入ったとしたら入社はほぼ30年前です。当時の朝日新聞は高給で知られており〝東大卒〟も多くいた一流（記事の内容ではなく、の企業としての一般的な評価です）企業でした。さらに多くの人たちは世間の出来事を新聞やテレビでしか知ることができず、その中でも新聞は「そこにはウソはない」と絶対的な信頼を得ていたものです。そんな時代を過ごした彼はさぞかしエリート意識の塊だったのでしょうが、令和の世になっても相変わらずそれを捨てられず、「真実の報道のためには多少のルール違反は許される」と考えていたとしたらこれほど滑稽なことはありません。

インターネットの普及により世界中の出来事が瞬時にわかるようになり、新聞が読者を誘導する時代は終わっています。朝日新聞も1990年には800万以上あった発行部数がいまや400万部を切っており、そもそも朝日が平気で捏造記事を書くことを知っている現在では、もはや誰も「報道機関だから」と特別扱いする気はありません。そんなことすら理解できない記者たちが作っている新聞ですから凋落するのも至極当然です。

（2023/07/09）

3　罪を憎んで犯罪者も憎む

前章でさまざまな権利に関するニュースを取り上げました。朝日新聞や日弁連が長年、とりわけ熱心に訴えるのが、犯罪者の人権です。容疑者の段階ならまだしも刑が確定して収監されたような人間についても、最大限の権利を認めようという姿勢を取り続けているように見えます。

もちろん現代において拷問などは許されません。またたとえ受刑者であっても非人間的な扱いを受ける必要はないでしょう。

しかし彼らの主張を聞いていると、頭が混乱してしまいます。一体今、問題にされている人物はどういうことをした人なのか。そこまでみんなで守ってあげなければいけない人なのか。

犯罪者の人権を主張することに費やすエネルギーの一部、いや大部分は被害者を守ることに使ったほうがいいのではないか。そう思うのが普通の人の感覚だと思うのですが、そんなことを言おうものならばまた野蛮人扱いされるのです。

犯罪といってもいろいろあり、それぞれに事情があるのもたしかでしょう。貧しさからやむにやまれず盗みを働いた、といったケースにまで厳罰を求めることはないのかもしれません。「罪を憎んで人を憎まず」とはそういう時に使うべき言葉です。

一方で、多くの犯罪は罪を憎み、犯罪者を憎む。それでいいのではないかと思うのですが。

死刑はないけど射殺はある

2022年6月にアメリカ・オハイオ州で、黒人男性が警察官から銃撃を受け死亡したというニュースがありました。この手のニュースはよく聞きますが、その対象が常に黒人というのは「悪人に黒人が多い」「白人だとニュースにならない」「そもそも白人だと撃たれない」のいずれかか。多民族国家のアメリカには黒人の大統領も誕生する時代でありながら、かつての黒人＝奴隷の名残をいまだ引きずり黒人差別をする人が一定数いるようです。

そのこともあり黒人が撃たれると「黒人だから撃たれた」と大騒ぎになり、今回も人種差別撤廃を求める数百人規模のデモが行われました。さて、今回の男性も黒人だから撃たれたのでしょうか。報道によると死亡した25歳の黒人男性は交通違反をして逃げていました。交通違反ならおとなしく切符を切られたら終わるのに、そもそも逃げている時点でおかしいでしょう。さらに男は車から警察官に発砲してきたというのですから、どうしても捕まりたくない理由、すなわち交通違反なんかよりよほど重い罪を犯していたことは間違いありません。

そして応戦した8人の警察官から一斉に銃撃を受け死亡したのですから、これは黒人白人関係なく凶悪犯に対する警察の対応としてはまったくおかしくありません。遺族の代理人弁護士は「逃げたからといって撃ち殺されるのは合理的ではない」と主張していますが、逃げた上に自分から発砲しているのですから反撃されるのは当然です。それともこの弁護士は警察に「黙って見逃せ」「撃たれるくらい我慢しろ」とでもいうのでしょうか。

あれ、これってどこかの国では今でもそのとおりしているような。日本では暴走行為や不審車両を見つけても、あるていど追いかけ相手が止まらなければ「これ以上は危険」と判断して追跡を諦めます。また、犯人が銃口を向けてきても相手が撃つまでは待つだけでなく、1発目は天に向けての威嚇射撃という念の入れようです。これほどまで犯罪者に気を遣う国がほかにあるでしょうか。

日本もアメリカのように警官が即発砲となれば「止まれ、止まらないと撃つぞ」で、命を落としたくない犯人は、今までのような「捕まえられるものなら捕まえてみろ」ではなく「はい、わかりました」となるでしょう。日本も第二第三の犯罪を防ぐためにも、もう少し踏み込んだ対応をしてもいいのではないかと思います。

今回のオハイオ州には死刑制度があるものの、死刑が廃止された欧米の国は死刑制度のある日本を「野蛮だ」と非難しますが、そんな国は犯罪現場で勝手に死刑を執行しているのです。それに比べて犯罪者の言い分も十分に聞いた上で、裁判を経て執行する我が国のなんと人間的なことか。

(2022/07/09)

やはり犯罪者に甘すぎる

２０２２年1月、ＪＲ宇都宮線の電車内で高校生に暴行を加えたとして、傷害罪などに問われていた29歳の元飲食店員（ホスト）の男に対し、宇都宮地裁栃木支部が懲役２年（求刑・懲役３年）の判決を言い渡したというニュースがありました。

この事件は1月23日昼、栃木県下野市内を走行中の電車内で座席に横たわりながら喫煙している男を見つけた当時17歳の男子高校生が注意したところ、男は素直にやめるどころか逆に激昂し車両内や駅のホームで高校生に土下座をさせたうえ、殴る蹴るの暴行を加え顔の骨を折るなどの重傷を負わせたものです。

最初にこのニュースが報じられた時、すべての国民は被害者の高校生の勇気を称えると共に、加害者には「なんていう男だ、絶対に厳罰に処してほしい」と思ったはずです。それがたったの2年しか刑務所に入らないなんてこの国の〝正義〟はいったいどうなっているのでしょう。傷害罪の法定刑は「15年以下の懲役又は50万円以下の罰金」なのに、求刑が3年だなんてそもそも短すぎます。これだけ極悪非道の所業なら最高の15年を求刑しても誰も文句を言わないと思いますが、法律の専門家が被害者のケガが重傷とはいえ命に別条がなかった、後遺症がないなどの引き算でどんどん短くしていったのは残念です。

被害高校生の身体には外から後遺症とわかるものはなかったとしても、一生消えないであろう心の傷を考えると市民感情として15年のうち12年を差し引く理由がまったくわかりません。百歩譲って仮に3年の求刑が妥当だったとして、では3年からさらに1年差し引いて2年にする理由はどこにあるのですか。この男は逮捕後、「相手が先に手を出した、正当防衛だ」と自身の非を一切認めていません。情状酌量の余地はまったくないのです。

多くの裁判が求刑より少し軽い判決で決着している現状の裁判には違和感しかありません。それはあたかも同じ法曹界の人間として弁護士にも花を持たせようとしているような。求刑が10年なら判決は8年、5年なら3年、1年なら執行猶予、こんな出来レースのような判決を見るたび、裁判に長い時間をかける意味がわからなくなります。

今回の2年も多分、同様(これほどまでに理不尽な事件が過去にあったかどうかはわかりませんが）な事案の判決を踏まえて裁判官なりの考えがあってのことでしょう。もちろん同じ罪を犯して裁く人間によって罰が変わるのは不合理ですので、前例を参考にすることは必要ですが、あまりにもそれが過ぎるのなら過去の判例がすべてインプットされたＡＩが求刑を決め、その枠内で選ばれた市民が裁判員として判決を下すことで十分です。プロの判事なんて必要ありません。

（2022/07/16）

やはり犯罪者に甘すぎる2

２０２１年2月、大分市内の県道で起きた交通死亡事故をめぐり、時速１９４㎞で乗用車を運転していたとして危険運転致死の疑いで書類送検された元少年を、検察がより法定刑が軽い過失運転致死の罪で起訴したというニュースがありました。

これを受け事故で亡くなった男性の遺族が「納得がいかない」として、改めて危険運転致死罪を適用するよう訴えているそうですが当然でしょう。

この事故は当時50歳の男性が運転する乗用車が交差点を右折していたところ、反対車線から直進してきた当時19歳の少年が運転する乗用車と衝突し男性が亡くなったものです。なにより驚くのはそのスピードです。日本の車のスピードメーターはそれ以上のスピードがでないように作られていますので180kmまでしかありません。今回の194kmは外国製スポーツカー、あるいはリミッターを解除していたのか。いずれにせよそれほどのスピードで走る車をサーキットならいざ知らず、対向車やわき道からの人や自転車の進入もある一般道で正しくコントロールするのは至難の業です。

それなのに大分地方検察庁は「衝突するまでまっすぐ走り、走行を制御できており危険運転にはあたらない」と言うのですからわけがわかりません。〝制御〟できていたのならどうして事故が起きたのですか、できていなかったからでしょう。それに、まっすぐにさえ走っていれば問題ないというのなら、高速道路での速度制限なんて即刻廃止するべきです。高速道路は信号もなく、ほとんどハンドルをきることもないアクセルを踏むだけの道ですからほとんどの人が〝制御〟できるでしょう。

日本の刑事裁判の有罪率は99・9%です。すなわち起訴すればほぼすべてが有罪となるのです。それだけしっかりと調査し、確証をもって起訴している一方、勝てるものしか起訴していない可能性もあります。今回「〝過失運転〟なら100％有罪を取れるけど、〝危険運転〟だと確率が90％になるから下げとこう」だったとしたら自己の保身のために正義を放棄したことになります。

仇討ちなどの私刑が禁じられている我が国で、唯一無念を晴らす術《すべ》が裁判による極刑です。その罪の決定に関わる検察がこんな体たらくでは被害者が浮かばれません。「あまりにも間違っていると思う。加害者だけが守られて被害者はこうやってずっと苦しむのか」という遺族の言葉に胸が痛みます。

(2022/08/19)

死刑囚の権利と義務

東京拘置所に収容されている死刑囚の男がカメラ付きの部屋で14年間も常時監視されたのはプライバシー権の侵害だとして、国に約1900万円の賠償を求める訴訟をおこしたというニュースが、2022年9月にありました。

２０１３年に殺人罪などで死刑が確定したこの男は、一審で死刑判決を受けた２００７年から天井に取り付けられたカメラによって着替えや排泄の様子もすべて撮影される東京拘置所の部屋に収容されたことが精神的に苦痛だったというのです。

拘置所や刑務所では自殺、自傷、逃亡などを企てる可能性のある収容者に対してはカメラでの監視ができるようになっています。不測の事態に対応できず死なれたり逃げられたりしたら収容施設の責任が問われるのですから当然でしょう。しかし、この男は自分はそんなこと考えていなかったのに、そのことを十分に検討せずただ漫然と監視を継続したのは違法だと言うのですから開いた口がふさがりません。

言うまでもなく監視の必要の有る無しを決めるのは死刑囚自身でなく拘置所側です。こんな言い分が通るのなら、「逃げも隠れもしないから家に帰らせろ」という要求も聞かなければならなくなります。ところがです。なんと拘置所は２０２２年３月以降、死刑囚の問題提起を受け入れカメラのない部屋に移したといいますから、またもや開いた口がふさがりません。これでは死刑囚の言い分が正しいと認めたのと同じです。その結果が１９００万の要求ですから拘置所の弱腰にはがっかりです。

現代の我が国は「人権」と言われれば、過敏に反応する風潮が強まっています。たしかに「人権」は人種、性別、年齢を問わず最も尊重されなければなりません。しかし、その中で唯一の例外は殺人犯です。メルマガ「ニュースに一言」でも死刑囚の〝どんでも要求〟がある度に毎回言っていますが、命という最も尊重される他人の権利を奪った殺人犯に認める人権なんてありません。ましてや国家に対する賠償要求などもってのほかです。

そもそも死刑が確定してから9年も経っているのになぜ執行されていないのでしょう。百歩譲って死刑囚に〝権利〟があるとして、その前に確定判決後6ヶ月以内の執行という〝義務〟があるのを忘れてはいけません。

(2022/09/09)

「反警察」の人たちの身勝手さ

名古屋市中区で自転車と警察官が接触し、自転車の男性が右足の骨を折る重傷、警察官が軽傷を負ったというニュースが、2022年9月にありました。

この事故は午前3時20分ごろといいますから真夜中です。車道を逆走する32歳の店員の男が乗る自転車をパトロール中の34歳の男性巡査部長が見つけ職務質問しようと歩道で停止を求めたところ、自転車が歩道に乗り上げスピードを上げて男性巡査部長に突っ込み2人とも転倒したものです。

制服の警察官に停止を求められたら何も後ろめたいところのない人間なら素直に従うものですが、わざわざスピードを上げているのは隙を見て逃げようとしたからにほかならないでしょう。それを失敗してのケガですから自業自得以外のなにものでもありません。

警察官が怪しいとにらみ職務質問をしようと思ったのはもっともです。昨今のコロナ禍もあり自転車に乗る人が増えていますが、その傍若無人ぶりは目に余るものがあります。逆走や信号無視はもちろん、原付よりもスピードを出すロードバイクや真っ暗な中、明かりも点けずに走るなど一歩間違えば大事故になりかねないライダーも少なくなく、車を運転する身としては無駄な緊張を強いられます。

本来なら警察がびしびし取り締まればいいのですが、往々にして「そんなの知らなかった」の言い訳を聞いて最初は注意のみとなるのはどうなんでしょう。これは無免許運転を捕まえて「免許が必要なのを知らなかった」を認めて放免するようなもので、交通法規を守る善良な市民に対する冒瀆ですから、くれぐれも警察には毅然とした対応を願いたいものです。

しかし、そうしたことにより警察官が絡む事故で死傷者が出た場合、かならず「警察が……」と言い出す者がいるのは困ったものです。今回も所轄の副署長は「現時点では適正な職務執行と判断している」とコメントさせられています。そんなことわざわざ言わなくても職務中の警察官に突撃しケガを負わせたのですから、どう考えても公務執行妨害でそれだけでアウトでしょう。

警察批判を権力に対する挑戦といきがって満足している人たちは「安心・安全」を自ら放棄しているのと同じです。もっともそういう人たちほど、それにより自分が被害を受けると「警察が守ってくれなかった」と騒ぎ立てるのですから手に負えません。

(2022/09/16)

被害者の声にこそ耳を傾けよ

2021年6月、大阪・北区のカラオケパブで25歳の女性オーナーが殺害された事件の裁判員裁判で、大阪地方裁判所が57歳の男性被告に懲役20年の実刑判決を言い渡したというニュースが、2022年10月にありました。

この事件は他の店で一所懸命働いてやっと自身の店をもった女性に、前の店から彼女目当てに常連となっていた男が一方的に好意を抱き、その想いが通じないことにこれもまた一方的に腹を立て、なんの罪もない女性を殺害したものです。その殺害方法は首や胸を刃物で何度も刺すなど、まさに「可愛さ余って憎さ百倍」そのままの残忍さでした。

裁判長は「犯行は身勝手で残酷なものであり相当に計画的だ。同種の裁判員裁判との公平性などを踏まえて、有期刑の中で最高刑にした」などと懲役20年の理由を説明しましたが、他人の明日を突然奪っておきながらたった20年の刑務所暮らしでご破算だなんて、どう考えても納得がいきません。たしかに裁く人間によって刑罰が変わるのは合理的ではありません。その意味では「判例」を基に判決することも理解できます。しかし、今回のように「被害者が1人だけだから最初から死刑はなし、求刑を無期懲役にしておこう」、そして判決は「求刑から少し差し引くのが定石」なんて出来レースのような裁判を毎度見せられたのでは堪りません。

そもそも有期刑の最高が20年というのもおかしくありませんか。現在の日本人の平均寿命は80歳を超えています。仮に20歳で殺人を犯して40歳で出所なら、その後の人生の方がはるかに長くなるのですから、20年も刑務所に入っていたら人生そのものが終わってしまう時代ではないのです。今回の被告も懲役20年では満期まで投獄したところで80前には出てきます。おとなしくしていて模範囚扱いで仮釈放なんてことにでもなれば男のシャバでの余生はさらに長くなります。その姿を被害者遺族がどんな気持ちで見るのかと考えるといたたまれません。

「判例」に重きを置くあまり時代と大きく乖離した判決では善良な一般市民の理解は得られません。被告は裁判の過程で「死刑をお願いします」などと述べたうえで、事件への関与については終始黙秘するなど反省の色は皆無です。こんな奴は「お望み通り死刑を」と思いますし、わたしにはそれが一般的な感情だとも思えます。こんなことを言うと〝人権派〟の方々は「また、法律のド素人の百田がバカなことを」と責め立ててくるのでしょうが、ならば逆に問いたい。判決のあと、被害者のお兄さんが涙ながらに発した「妹は一生懸命生きてきてこれから先、幸せな未来があったのに、あんなに凄惨な最期を迎えた。なぜ懲役20年なのか、理解しようと思ってもなかなか飲み込めない」という言葉にあなたたちはどう答えるのかと。

(2022/10/30)

相変わらずの弁護士たち

18歳未満への性犯罪で服役した元受刑者に、前科や住所の届け出を求める条例案が茨城県議会で可決されたというニュースが、2022年11月にありました。

これは、刑期を終えた受刑者は出所後5年間は知事に住所氏名を届け出なければならないとするもので、違反すれば5万円以下の過料という罰則もあります(後に罰則はなしとなりました)。この条例の目的は再犯を防ぎ、治療や社会復帰の支援につなげることとしています。そのため届け出をした元受刑者には再犯防止のプログラムや講義を県の費用負担で受けることができるようにしていますが、自らそれを受講しようと思う人は自己分析ができており二度と事件を起こさないでしょう。

問題はそうと思わない残りの人たちですから、強制力を伴う今回の条例には大いに期待したいところです。同様の条例は既に大阪府、福岡県にあり茨城が全国で3例目となりますが、こんな当たり前のものが他の44都道府県にはないのが不思議です。

今回の対象が窃盗や傷害ではなく、なぜ「性犯罪」なのか。それは性犯罪、それも若年層を狙うそれの再犯率が極めて高いからです。中には小学生や幼稚園児など年端もいかない子供を狙うものもあり、被害者が生涯にわたって傷つくことを考えれば誰もがそんな犯罪を未然に防ごうと思うはずです。世界の国々の中には、住所の届け出なんて生やさしいものではなく、身体にGPSを取り付けリアルタイムですべての行動を捕捉している国もあります。

このような有意義な決まりは条例ではなく法律でもいいのではとも思いますが、そうならないのは「声の大きな反対派」がいるからでしょう。今回の可決に向けた動きにも「反対」がありました。その中心は茨城県弁護士会で、彼らは「人の名誉、信用に直接関わる」といつもの「人権がー」を盾に叫ぶのですが、他人の尊厳を傷つけておきながら〝名誉〟も〝信用〟もないでしょう。刑期を終えたらすべてがチャラになるわけではありません。

すべてが終わるのは被害者の心の傷が完全に癒えたときです。そんなことさえ理解していないから、何年服役してもまた事件を起こすのです。加害者の人権も結構ですが、最も優先すべきは「次の被害者」をださないことです。

(2022/12/02)

性犯罪者が働ける学校

性犯罪で有罪判決を受け執行猶予中の男性が、大分県内の市立小学校の非常勤講師として勤務していたというニュースが、2023年2月にありました。

この40代の講師は女子生徒の体を触るという教育者として最もあるまじき行為で、2021年7月に有罪判決を受け執行猶予中でした。そんな鬼畜ともいえる男が2023年1月から再び教壇に立っていたのですからおぞましいことこの上ありません。

大分県教育委員会は、採用時にこうした事実を把握していなかったそうで、あまりにも無能で、あまりにも無関心で、あまりにも無責任な教育委員会と言わざるを得ません。さらに委員会の言う「男性の任用の解除も含め対応を検討している」には開いた口がふさがりません。この期に及んでなに悠長に構えているのか。こんな輩は検討も何も即刻解雇、追放が当然です。

今回の発覚は「事件のことを知っているか」との保護者からの通報によるものでした。これがなければこの男は何食わぬ顔をしてずっと登校していたと考えるとぞっとします。いったい教員の管理はどうなっているのでしょう。罪を犯した教員は名前と教員免許の番号をインプットすればその賞罰、人となりがすぐにわかるよう一元管理し、全国どこの学校でも状況把握ができるようにするべきです。こんなことを言うとまた人権派界隈の人からお叱りを受けるのでしょうが、職業選択の自由や教師の人権なんて学校という子供相手の場所では二の次三の次です。

最も優先されるべきは何をおいても子供の安全と健やかな成長を促す環境です。これは絶対に譲れません。

(2023/03/03)

警察官襲撃、ただし無罪

２０１９年６月、大阪府吹田市で発生した警察官襲撃事件で強盗殺人未遂などの罪に問われた男性被告の控訴審で、大阪高等裁判所は１審判決を破棄し無罪判決を言い渡したというニュースが、２０２３年３月にありました。

この事件は当時33歳の被告が早朝、吹田市の千里山交番で警察官を包丁で刺し拳銃を奪って逃走したものです。襲われた警察官は胸や足、腕などを負傷し、特に胸の刺し傷は肺を貫通し心臓まで達していました。意識不明の状態で運び込まれた病院では５日間も目覚めず、復職までは７ヶ月を要しました。また、拳銃が奪われたとあって付近の学校行事の中止や施設が休みを余儀なくされるなど、その影響は広範囲に及びました。そんな凶悪事件の犯人が無罪とは……。

その理由が「被告は事件当時心神喪失の状態だった」からというのですから困ったものです。刑法39条には「心神喪失者の行為は、罰しない」とあります。これは善悪の判断ができないほど精神に異常をきたした行為者には責任能力がないので罪に問えないとするものです。要するに高裁はこの被告は自分が何をやっているのかわかっていなかったと言っているのです。

しかし、被告は交番に行く前にウソの通報をして3人体制の交番勤務から2人を誘い出し、襲いやすいように警察官を1人にしています。また、追っ手を撒くために山の中に逃げ込むなど一連の行為は極めて計画的であり、かつ冷静に行われています。とても〝自分が何をやっているのかわかっていない〟人間の所業ではありません。

1審の一般人が参加する裁判員裁判では「犯行前後に合理的な行動を取っていて、全く責任能力を欠いていたとは言えない」として懲役12年の実刑判決が言い渡されていました。すこぶる妥当な判断です。それを〝プロ〟のみの裁判で「意見の相違点のみを切り出して分断的に判断している」と批判し、さらに「意見の分岐点や違いの理由、根拠を明らかにし、これを共通認識として評議、判断を行うべきだった」とまで言及して全否定するのですから呆れます。

裁判員裁判は〝プロ〟裁判官の世間の常識と乖離した感覚や、前例にとらわれるあまり市民感覚にそぐわない判決を出すことを是正するために作られたものです。それを上級審で一蹴するならそんな制度は即刻やめてしまうべきです。そもそも刑法39条ってなんでしょう。法律は弱者のためにあるべきなのに、これでは被害者はやられ損です。そこまで心神喪失者を守りたいのなら、善良な市民に危害を加えることのないようどこかに閉じ込めておいてもらいたいものです。こんなことを言うとまた「百田は人権侵害者だ」と非難されるのでしょうが、これが被害者の人権保護こそ最優先されるべきだと考えるわたしの偽らざる想いです。

（2023/03/24）

女装犯罪者を野放しにするな

2023年4月に女装して浜松市の銭湯の女性用脱衣所に侵入した、愛知県春日井市に住む42歳の無職の男が逮捕されたというニュースがありました。この男は長髪のカツラにスカートをはいて午後2時から午後9時ごろまでといいますから、なんと7時間もの長時間にわたってスーパー銭湯の女性用脱衣所にへばりつき訪れた女性客の裸を見つめ続けていたのです。

昔ながらの普通の風呂屋なら脱衣所もさほど広くなく、さらに番台のおばちゃんの目が届いていますのでいつまでも洗い場に向かわなければすぐに入浴が目的ではないと見破られてしまいます。しかし、スーパー銭湯は脱衣所も広く利用客も多いので受付さえ通過できればよほど目立った動きをしない限り不審者とはわかりません。それで7時間もバレずに居続けられたのですがさすがに長すぎました。

脱衣所で服を脱ぎ、浴場に進み洗い場からジェットバス、サウナに露天風呂、打たせ湯から最後に電気風呂まで楽しんで出てくると、相も変わらずきっちりと服を着たままの〝女〟がキョロキョロあたりを見回していたら、いくらなんでも「なんだ、あの女は」となります。女装男も本当は浴場に入りたかったのでしょうが、いかに完璧な女装だったとしてもチンチンは隠せませんので脱衣所に留まっていたのでしょう。

それで銭湯の関係者が警察に通報して事件が発覚したのです。本来、男子禁制の女湯に正当な理由もなく忍び込んだ男は建造物侵入の疑いで逮捕され一件落着となりました。

ところがです！　自民党は同じニュースを、

【愛知県春日井市に住む42歳の無職の男が女装して浜松市の銭湯の女性脱衣所に侵入したというニュースがありました。この男はカツラとスカートを着用してスーパー銭湯の女性用脱衣所に陣取り、7時間も他の女性入浴客の裸を見ていました。男じゃないかと不審に感じた従業員が警察に通報したところ、カツラをかぶった男は「わたしの心は女よ、女湯に入って何が悪いの」と叫び出しました。駆け付けた警官は〝彼女〟の言い分には非がないとして、通報した従業員をLGBT理解増進法違反で逮捕しました。その後、国家からお墨付きを得た〝彼女〟はチンチンをブラブラさせながらゆっくりと入浴を楽しみました。】

という報道になるようにしているのです。なんとおぞましいことでしょう。

こんなものはLGBTへの理解を増進するどころか、嫌悪感を増大させるものにしかなりません。いったいこの法律の目的は何なのか……。

(2023/05/27)

また起きた「自称女」事件

女装して女性用浴場に侵入した54歳の職業不詳男を、三重県津署が建造物侵入の疑いで現行犯逮捕したというニュースがありました。この男は2023年6月8日午後9時20分ごろ、津市の公衆浴場の女性用浴場に正当な理由なく侵入し、何食わぬ顔をして湯船につかっているところを気付いた別の女性客によって通報されたのです。駆けつけた署員がその場で逮捕しましたが、スカートなどを身につけた〝男〟は「私は女だ」と容疑を否認しているということです。

わたしはLGBT理解増進法案が通ると「わたしは女よ」と女湯に突入する男が出てくると再三警告していましたが、まさか成立前にフライング男が現れることまでは予想していませんでした。わたしの警告に対し「そんなことがあるわけがない。そもそも浴場には公衆浴場法がある」との声もありますが、彼らの言う公衆浴場法が第3条の「営業者は、公衆浴場について、換気、採光、照明、保温及び清潔その他入浴者の衛生及び風紀に必要な措置を講じなければならない」だとしたら、そこには大きな抜け穴があります。

たしかに女湯に男が入ることは〝風紀〟上問題ですから止められるでしょう。しかし、女湯に太った女性が入ることを「あなたは太っているから」と阻止できるでしょうか。それこそ『差別』です。今回のLGBT理解増進法案では太っていようがチンチンが付いていようが「わたしは女性」と自称すれば認めざるを得ないのです。

客観的にひげ面のつるっ禿でも本人が「わたしは女性」というのを「違う」とは誰も言ってはいけないのです。

刑法第39条は「心神喪失者の行為は、罰しない」としています。これは責任能力のない状態での犯行は罪に問わないというものですが、その能力の有無はそれなりの期間にわたってあらゆる角度から〝第三者〟が鑑定します。決して〝自称〟なんかではありません。

もし〝自称〟で構わないのなら「ボク、そのときわけがわからない心神喪失者だったの」と言うだけですべて無罪放免となってしまいます。こんなことは法治国家では絶対に許されません。しかし、ＬＧＢＴ理解増進法はそれを許す法律なのです。（2023/06/17）

4　平和ボケは不治の病

『カエルの楽園』という作品を書いたのは2016年のことです。ひたすら「争いはしない」と呪文を繰り返していれば平和が維持できると信じていたカエルたちを描いた寓話です。日本中にはびこっている「平和ボケ」に少しでも警鐘を鳴らしたいという気持ちがありました。

当時すでに日本を巡る安全保障環境は悪化の一途をたどっていました。北朝鮮はやりたい放題、その親玉の中国は領海侵犯三昧という具合だったのです。しかしそれでも我が国のカエルたちは、憲法9条さえ守っていれば何とかなると思っていたようです。

2022年のロシアによるウクライナ侵略は、そうしたカエルたちの目を覚ますきっかけになったでしょうか。残念ながらまったくそんなことはありませんでした。

驚いたのは、ウクライナに早期降伏を勧める論を説く人が珍しくなかったことです。

その代表が、元大阪府知事の橋下徹氏でした。彼は、いったんは国を捨ててでも命を守るべきだといった主張を堂々としていたのです。

ロシアのような侵略者に対して、白旗さえあげれば何とかなると思ったら大間違いです。彼らは「よし、じゃあ勘弁してやる。あとは仲良く平和にいこう」なんてことは決して言いません。降伏した相手を徹底的に叩きのめすのが彼らのやり方なのです。

歴史を少しでも学べば自明のことがわかっていない日本人がいかに多いか、ロシアの侵略はそのことを明らかにしました。平和ボケは一時的な病ではなく、もはや日本人の国民性にまでなっているということでしょうか。

ゼレンスキー大統領と玉城知事の違い

沖縄県の玉城デニー知事が基地問題に関する県の有識者会合で、開口一番「ゼレンスキーです」とあいさつしたことを「不用意な発言だった」と謝罪したというニュースが、

2022年5月にありました。

「ゼレンスキー」とは、もちろん現在もロシアから理不尽な侵攻を受け国民と共に命がけで戦っているウクライナのゼレンスキー大統領を指しています。玉城知事は発言後、何とも言えない周りの空気を感じてかすぐに「冗談です」と言いましたが、ゴリラの様な風貌の人が「キングコングです」と言うならまだしも、玉城氏はゼレンスキー大統領と少しも似ておらず冗談にもなっていません。それとも他に何か共通点があると思っていたのでしょうか。

玉城知事は「沖縄県のさらなる発展のためには米軍基地の整理縮小が必要だ」「県民の望む基地のない平和な沖縄を目指す」と沖縄から基地を追い出す立場をとっていますが、ウクライナの現状を見てもまだそんな寝言が言えるのが不思議です。

ウクライナは元々「核」を保有していましたが、現在はそれを放棄し非核兵器国となっています。単に核がないから侵攻されたとは言いませんが、もし核を保有していたらロシアもこれほど大胆に攻め込むことはなかったでしょう。侵攻は核放棄が原因ではないにしろ要因のひとつであったことは否めません。

ウクライナは今、各国から武器の提供を受け必死に国土と国民を守るために戦っています。もし、自国の戦力だけだったらとっくに占領されていたことでしょう。平和を守るためには武器を捨てるのではなく、敵と同等あるいはそれ以上の軍備を擁することが必要だと今回の侵攻が証明しています。残念なことですが、これが現実なのです。

今、南の海では中国艦船が横行し虎視眈々と沖縄を狙っています。基地反対派は「基地があると狙われる」と言いますが、沖縄においてはむしろ逆で、世界最強の戦力を有する米軍が見張っていれば、おいそれとは攻撃を仕掛けられないはずです。本当なら自分の国は自分で守るものですが、憲法9条で手足をもがれている現在の日本では、いわれなき威嚇を受けても「遺憾である、抗議する」が精一杯です。しかし、米軍はそうではありません。敵の照準が基地に合った瞬間、戦闘機が離陸し少しのためらいもなく攻撃することでしょう。玉城知事が言うとおり米軍基地がなくなって、一番危機に陥るのはほかでもない沖縄なのです。

玉城知事は「なんで沖縄だけが」と言いますが、米軍基地を沖縄に置くのには意味があります。外敵の侵入を防ぐ要所としてベストの立地で、それにより日本国が守られるのです。日本の安全がひいては沖縄の安心にもつながります。玉城知事ももう少し全体に目を向け県民のみならず国民の利益を考えたなら「ゼレンスキーです」も本物と同じように拍手をもって迎えられたことでしょう。

（2022/06/04）

ウクライナ女性の幸福を祈る

戦時下のウクライナから命からがら脱出してきた29歳の女性が2022年6月、京都市の会計年度任用職員に採用され、高校のALT補助として働くことになったというニュースがありました。

ALTとは、外国語の授業で生徒に本物の発音に触れさせる為に雇った、その言葉を母国語とする外国人職員のことです。わたしが高校生の頃の英語教師といえば「native pronunciation」を「ネイチブプロナンシエーション」とカタカナそのままで発音する教師も珍しくなく、これでは日本人の英語が世界で通用しないのも当然でした。今の学生が若いうちから外国人に接するのは言葉そのものを覚えることはもちろん、異人種に対する抵抗感が薄らぐことからもその後の人生に大きなプラスとなるでしょう。

この女性は貿易会社に勤務しながら大学や大学院で英文学などを学んだインテリで、母国で高校生や大学生に英語を指導した経験もあったことから採用が決まったそうです。仕事が見つかったことにより、ここ数ヶ月のつらい毎日からやっと一息つけるとしたら何よりです。

平穏に暮らしていた彼女の人生が一変したのは2022年2月24日でした。突然のロシアによる侵攻で住んでいたリビウもミサイル攻撃を受けるようになり、「寝ていてもいつミサイルがくるかわからない」と精神的な負担が増したことから避難を決意し、国内支援に取り組んでいるため出国できない母親ら家族を残して3月上旬に出国し、ポーランド、ドイツを経て、京都の知人を頼りにようやく4月16日に来日したのです。

彼女は「生徒の成長のため一生懸命頑張りたい」と話すとともに「残る家族が心配。一日も早く戦争が終わって、ウクライナの土地が戻り、国全体が建て直されてほしい」と願っているそうですが、われわれ日本人も同じ想いです。本来、人間がしなくても良い、否、してはいけない経験をした今回のウクライナ女性。彼女には外国語だけでなく是非、日本の生徒たちに生の世界情勢、いかに戦争が悲惨なものかを自身の体験を交えて教えてもらいたいものです。

(2022/06/10)

電気は命に直結する

近年にない短い梅雨が明け、猛暑の夏がやってきました。場所によっては6月で既に40度を超えるなど今年（2022年）の夏も厳しい暑さになりそうです。

そんな中、松野博一官房長官が、節電に取り組む家庭に対する2000円相当の節電ポイントの支給を、8月中に開始すると表明しました。節電ポイントとは電子マネーに交換できるポイントのことで、あらゆる物の価格が高騰する中、家庭や事業者の電気料金の負担を軽減しようという政府の提案（思い付き）により配られるものです。

国がお金をくれるというのですから黙ってもらっておけばいいのでしょうが、毎度のことながらなぜポイントなんて回りくどいやり方をするのでしょう。対象者の翌月の電気代から2000円を引けば済む話ではないですか。まさかまた中間に業者を入れて事務手数料名目で金を流そうなんて考えているのでは。そんな金があるならその費用を上乗せして、2500円引きや3000円引きにする方がよほど意義があります。

さて、こんな「節電」ポイントですが、なぜ政府が節電を促すのかというと、この夏は大幅な電力不足が予想されるからです。電力は現代社会において最も重要なエネルギーのひとつで、なにをおいても供給を止めてはいけないものです。それを暑くなってみんながクーラーをフル稼働するから足りなくなるなんて、とても先進国とは思えません。もちろん二進《にっち》も三進《さっち》もいかないのなら「節電」も仕方がないでしょうが、我が国には簡単に電力不足を解消する方法があります。いま稼働停止している原子力発電所を動かせばいいだけです。東日本大震災での福島原発の事故以来、全国の原子力発電所がストップしました。

原発反対派は「また大災害に襲われたら大変だ」と言います。たしかに新たに原発を作ればそのリスクは増加するでしょう。しかし、既に存在しているものは動いていようが止まっていようが災害によるリスクは変わりません。ならばあるものを利用して喫緊の危機を回避することになにを躊躇《ためら》うことがあるのでしょう。危機対応の優先順位が明らかに間違っています。

電気料金は原価に適正な利潤を加えたものです。すなわち節電によって電力使用量が減り電力会社の利益が減ると、電力会社はその減少分を電気料金に転嫁するのです。ですからコストの高い電気をわたしたちが使わなければ使わないほど電気料金は上がるのです。いずれにせよ電力会社は痛くもかゆくもなく、節電は我々が自分の首を自分で絞めているのと同じです。そして、なによりも節電を頑張ろうとエアコンのスイッチを切ることは「首を絞める」という比喩ではなく、本当に熱中症で命を落とすことになるのです。

(2022/07/02)

「中国の論理」を理解せよ

イギリス軍の元パイロットが現役時に得た専門知識を、あろうことか中国軍に売り渡していたというニュースが、２０２２年10月にありました。

イギリス国防省によりますと、中国人民解放軍が行った軍事訓練に退役イギリス軍パイロットが最大で30人も参加したというのです。彼らは中国側から最大で23万７９１１

ポンド（約4000万円）の報酬を提示され、西側の軍用機やパイロットの運用方法に加え、台湾などをめぐる紛争時に重要となる情報を伝えたそうで、いかに大金に目がくらんだとはいえ軍人としての誇りはどこにいってしまったのでしょう。元戦闘機パイロットといえば、軍人の中でも相当な地位にいた優秀な人材です。そんな人が人民解放軍の訓練に参加することの意味をわからないはずがありません。「国を売る」とはまさにこのことです。

イギリスでは現状、そんな不良軍人を取り締まる法律はないようですが、政府はこれは由々しきことと認識し、こうした元パイロットに対して機密情報に関する警告を発しました。しかし、これもどこまで効果があるのか疑問です。なぜなら「売国奴、非国民」等の自身に対する非難さえ我慢したら他には大した実害がないのですから。

これがもし逆で中国人パイロットがイギリス空軍に情報を流したとしたらどうでしょうか。中国国家はすぐさまそのパイロットとその家族を拘束し、拷問に次ぐ拷問で精神を破壊してしまうことでしょう。国民の人権が保障される国の安全が脅かされ、国民の人権なんてあってない国が安泰だなんて、これ以上の不条理はありません。

1970年代、中国はただ人口の多い貧乏国でした。先進各国はいずれ大きなマーケットになると考え、中国の近代化のために質量ともに豊富な資源をつぎ込みました。そして現在、中国は世界有数の金持ち国です。その結果、豊富な外資で軍事機密を買い、恩を仇で返すかのごとく西側諸国に牙を剝くのですからこれほどの不義理国家はありません。もちろん援助した国の中には日本も含まれています。そんな日本からも今では破格の報酬で誘われた優秀な技術者が平気な顔をして貴重な工業技術を持ち出したり、農業技術を伝授したりしているのですから日本人も随分と落ちぶれたものです。それどころか豊富なチャイナマネーの前に、国土さえ売ってしまう者までいるのですからどうしようもありません。

「いや、わたしは中国に売ったつもりはない。善良な中国の個人に売ったんだ」と言うのでしょうが、それは個人の権利が確立された国にのみ通用する論理です。あなたの売った相手は「国のものは国のもの、国民のものも国のもの」の国の民なのです。

（2022/11/11）

「遺憾」よりも「威嚇」が必要な時

北朝鮮がやりたい放題です。連日、我が国の方角に向けてミサイル発射を繰り返しています。そのたびにJアラートという空襲警報が鳴り響くのですから該当地域の人たちは堪ったものではありません。そして、識者の中には「発射された瞬間にその角度などから日本に着弾するかどうかわかるのだから、毎回鳴らさなくてもいい」なんて人も現れており、この国の意識の低さには呆れるばかりです。

いま議論すべきは〝アラート〟を鳴らすか鳴らさないかではなく、北朝鮮の横暴をいかに食い止めるかであるはずです。さらに識者は「仮に国内にミサイルが飛んできても、日本の迎撃システムで対応可能」と言いますが、本当でしょうか。みなさん、2022年3月24日のことを覚えていますか。午後2時40分前にテレビが一斉にニュース速報で「北朝鮮西岸付近から、1発の弾道ミサイルが東方向に発射された」と報じました。その後、3時半過ぎには日本海に着弾するという続報とともにテレビ各局がその瞬間を捉えようとカメラを日本海に向け陣取りました。レポーターは「間もなくこちらの方角に飛翔体が現れると思われます」と説明しながら延々とその映像を流すのですが、一向に変化はありません。やがて時計の針は3時35分、40分、45分と進むとようやく「すでにどこかに落ちている可能性があります」と言うのですから驚きました。あろうことか発射されてからどこに行ったのか見失っていたのです。

結局ミサイルはわたしたち日本人が何の変哲もないただ穏やかな海の風景をテレビ画面を通して眺めている間に、約71分間飛翔し3時44分頃、北海道渡島《おしま》半島の西方約150㎞の日本海に落下していたのです。それから半年以上が経ちましたが、相変わらずJアラートを鳴らしたはいいがミサイルは見失い、「どこかに落下した模様です」ですからどうしようもありません。

そこで肝心なことはミサイルを発射させないことです。北朝鮮のミサイル以外にも中国は尖閣周辺の日本の領海に入り放題、ロシアは日本を嘲笑《あざわら》うかのように北方領土で軍事活動のし放題と、現在の我が国はならず者に好き勝手に振舞われています。なにしろ決して抵抗せず、唯一の反応は「遺憾です」と言うだけなのですから恐れるに足らない国家だと思われるのも当然です。

今はまだ威嚇の段階ですが、いつか本当に牙を剝く瞬間が訪れる可能性も大いにあります。「専守防衛」「非核三原則」などといって「日本は戦争をしない国」をアピールしたところで、それは日本が勝手に言っているだけで世界はそんなことお構いなしに攻めてきます。そのときにどうするか。今こそ軍備増強、核保有を含めて真剣に考えなければなりません。

人間も野生動物と同じで自分より強い相手に攻撃を仕掛けることはありません。攻撃を受けない最大の防御策は相手に「この国を敵に回すとえらいことになる」という恐怖心を抱かせることです。

(2022/11/11)

やりたい放題の隣人たち

年が改まると多くの人が「心機一転、新しいことにチャレンジしよう」「さあ、過ぎたことは忘れて今年こそ頑張るぞ」とそれまでのことは〝なかった〟体でリセットしようとします。しかし、1月1日が12月31日の続きなのは言うまでもなく、世の中はそんなに都合よくはいきません。「元旦」の「旦」の字は水平線に顔を出す太陽を表しています。すなわち元旦とは1月1日の日の出、初日の出のことです。

そんな元旦にもまだ時間がある2023年1月1日午前3時前、北朝鮮が日本に向けて弾道ミサイルを発射したというニュースがありました。北朝鮮は前日の12月31日にも3発のミサイルを発射しており、彼らには大晦日や正月なんて一切関係ないようです。すべてのミサイルは日本のEEZ外に落ちた〝もよう〟ということですが、〝もよう〟というのは確証がないということにほかならず、毎度のことながらしっかり捕捉できていなかったことを示しています。こんな状態で本当にミサイルが日本本土に飛んできたときに対応できるのか不安に感じるのはわたしだけではないでしょう。

被害を受けないための最も効果的な方法は発射させないことですが、それにも「抗議する（それも中国を通して）」だけなのですからどうしようもありません。北朝鮮が日本海に向けやりたい放題なのは「日本なんか恐れるに足らず」と完全に日本国をなめきっているからです。これはミサイル発射だけでなく拉致被害者の奪還に対しても言えることで、日本の弱腰がすべての解決を妨げているといってもいいでしょう。

一方、南に目を向けるとこちらは中国がやりたい放題です。中国の空母「遼寧」が沖縄本島と宮古島の間を行ったり来たり。なんと今回で13回も断りもなく航行しています。

さらに洋上でヘリコプターや艦載機の発着訓練をするなど、まるで日本なんて眼中にないような傍若無人な振る舞いです。もちろん日本側もスクランブル発進で警戒しますが、しょせんそこまで。往復飛行する無人機のことも、撃墜することもなくただ見守るだけ。相手はパイロットのいない無人機です。撃墜により死者が出ることもないのに何をためらうことがあるのでしょう。そもそも領空侵犯も辞さない外国機に遠慮する意味がわかりません。もし、これがただの訓練でなく、無人機に細菌が積まれていてそれを空からばら撒いていたらと考えるとぞっとします。

中国の正月の本番は1月下旬の春節です。いま中国では感染力、重症化率、死亡率すべてが高いコロナウイルスが大流行していますが、ゼロコロナ政策をやめた２０２３年1月21日からの春節休みでは大移動が予想されています。そのとき日本には、観光客という名の本当の「生物兵器」が大挙して押し寄せてくるのです。

(2023/01/06)

中国人のビザと日本人のビザの違い

海外旅行に必要なものといって最初に思いつくのはやはりパスポート（旅券）でしょう。これは自身がどこの国籍であるのかを示すもので、いわば国際的な身分証明書です。それに対し、ビザ（査証）は行きたい国の領事館等が発行する、入国許可申請を行う際に必要な書類です。ですから渡航には出国するためのパスポートと「あなたは我が国に入国してもいいですよ」というビザが必要になるのです。

しかし必ずしもビザが必要かというとそうでもなく、いわゆる「ビザなし渡航」できる国もあります。イギリスのコンサルタント会社が2023年1月、ビザなし渡航できる都市が最も多い国・地域ランキングで日本が5年連続で第1位になったと発表しました。これは国際航空運送協会（IATA）のデータをもとに、199ヶ国・地域のパスポートを比較・集計したもので、1位の日本は世界227都市のうち193都市にビザなしで渡航することができます。以下、2位は韓国とシンガポールの192都市、3位はドイツとスペインの190都市と続き、アメリカは186都市で7位となっています。

一方、いまやGDPが世界第2位で有数の経済大国となった中国は我が国の半分にも満たない80都市の66位です。ビザとは簡単にいえば、その国・地域に入国しようとする人を事前に判断する「身元調査」のようなものであり、その人が入国しても問題ないという証拠です。それを必要としない「ビザなし渡航」ができるパスポートとは「その国の国民すべてを信用しています」という証明にほかなりません。ですから日本人は世界で最も『信用できる国民』というお墨付きをもらっているのです。これはひとえに戦後一致団結して底辺まで落ち込んだ経済を復興させ、また世界各国と誠意をもって接し信頼関係を築いてきた日本人がいたからにほかなりません。今わたしたちが自由に世界中を旅できるのも、すべてはそんな先人たちのおかげだと考えると感謝しかありません。

それに比べて中国人の可哀そうなこと。急激な経済成長を追い風に2015年頃から世界中を旅行するようになった中国人ですが、多くの国から「あんたは信用できない」と言われ入国を拒否されているのです。いくら金持ちになったところで自由に使えなければ宝の持ち腐れです。そのため、中国人の中には自由に世界中を訪れることのできる日本のパスポートを手に入れたいがために日本国籍を取得しようとする不届き者もいますが、そんな〝エセ日本人〟に日本国のパスポートを使って日本の評判を落とされるなんて堪ったものではありません。

今日も南の海では中国船舶が日本の領海を我が物顔で航行していますが、言うまでもなくビザは発給していません。（2023/01/20）

5　コロナワクチンへの異常な愛情

かつて「SNSはバカ発見器」と言った人がいました。たしかにツイッターをやっていると、なぜこんなに理解力が低い人がいるのか驚かされます。また、「身の程知らず」を感じさせる人も多くいます（もちろん素晴らしい意見を述べる人、嬉しい言葉をかけてくださる方も多くいます）。

時には、なぜかプロの書き手であるわたしに対して、専門家でもない人が小説のことを説いてくることもあります。何を言っても自由な世界ではあるのですが、せめてわたしに直接言ってくるのは止めてほしいと思うものです。

しかしこの2、3年でいえばSNS以上にバカ発見器として機能しているのが、新型コロナウイルスかもしれません。このウイルスに関連して、おかしなことを言う人が絶えないのです。それで前作の『人間の業《ごう》』では「コロナというバカ発見器」という章を設けました。その後、コロナに多くの人が感染し、それなりの知見も蓄積されたはずなのですが、不思議なくらいおかしなことを言う人は減らないのです。代表的なものは、ワクチンについての異常なまでの信頼でしょうか。普段、「政府を信じるな」と言っているような人たちまでもが、ことコロナやワクチンに関しては、完全に政府側のスタンスに同調している姿を多く見て呆れたものです。

ここでは、時系列で2022年以降のわたしのコロナウイルスに関する所見を並べてみます。もちろんすべてが正しかったとは言いませんが、それなりに一貫しているはずだと自負しています。

わたしがワクチンを打たない理由

コロナワクチン接種が始まる前までは「ワクチンさえできればコロナは終わる」と考えられていましたが、今でもそれを信じている人はほとんどいないでしょう。ワクチンを打ったところで感染を避けられないと多くの人が知っています。それでも打たないよりはマシだろうと3回目、4回目の接種を希望する人もいます。

しかし、そんな彼らが愕然とする事実がわかりました。2022年5月11日に開催された厚生労働省の専門家会議「新型コロナウイルス感染症対策アドバイザリーボード」において、約半数の世代で接種者の方が未接種者より10万人あたりの陽性者数が多いことがわかったのです。

厚労省は毎週新規陽性者の人数を発表しています。4月11～17日より前の集計では常にすべての世代において接種者より未接種者の陽性者数が多くなっており「やっぱりワクチンの効果はあるんだな」と誰もその結果に疑問を持ちませんでした。それが急に逆転したのですから大変です。コロナに感染するとワクチン接種の有無を確認されます。「ワクチンを打ちましたか?」「はい」「それはいつですか?」「たぶん2ヶ月くらい前だったような」「正確な日にちはいつですか?」「はっきり覚えていません」「なら、接種済と認められません」と未接種にカウントしていたというのです。普通なら「接種済」「未接種」「不明」と分類するものを、不明と未接種を合算する神経がわかりません。どうしても2つにするとしても、本人が「接種した」と言っているのですから「接種済」

に入れる方がまだ自然です。こんなことをしていたのでは未接種者が増えるはずです。どう考えてもおかしいこの集計方法を外部からの指摘によって変更したというのですからお粗末なことこの上ありません。

わたしはワクチンを一度も打っていません。それは急ごしらえのそれに全幅の信頼を寄せることができないからです。しかし、かといってワクチンを全否定する気もありません。重症化を防ぐなど一定の効果は多分あるのでしょう。要は自身の年齢や体質、生活環境を総合的に考え個人個人が打つ打たないを決めればいいことです。そのためにはいいことだけでなく悪いことも含めた正確な情報が必要です。

今回の件は明らかにワクチン信奉者を増やそうと意図したものとしか思えません。国はワクチン接種を盛んに進めています。その障害となるものはすべて排除しなければと考えたのかもしれません。全国民の80％以上が接種してしまったワクチンはそれほどまでしないと接種率が上がらない代物だったのではと勘繰りたくもなります。

このニュースを聞いて、ワクチンを打たないという自身の判断が間違っていなかったとの思いが益々強くなりました。

（2022/06/10）

ワクチンのニンジン

神奈川県相模原市が若い世代に対し新型コロナウイルスワクチンの3回目接種を推進するため、同市をホームタウンとして活動するスポーツクラブと連携した情報発信を行うというニュースが、2022年6月にありました。

相模原市の3回目接種率は5月末時点で全体では65%ですが、12~19歳は27%、20代は40%と若年層が伸びていません。そこでなんとか若い人にも積極的に打ってもらおうというのです。

その内容はサッカーのSC相模原やラグビーの三菱重工相模原ダイナボアーズなど5チームが各チームの交流サイトでワクチンの効果などを発信するほか、SC相模原は6月と7月、ホームゲームのある相模原ギオンスタジアムで3回目接種をPRする動画を流すそうですが、いったいどんな〝効果〟を発信するのか楽しみです。

ワクチンに関しては厚生労働省が接種歴不明を未接種としてカウントしていた集計を

修正したところ、実際は接種済の方が未接種より10万人あたりの感染者数が多いことがわかっています。まさかこの期に及んでまだ「コロナに罹らないようワクチンを打とう」なんて白々しく言うつもりでしょうか。

　ワクチンには重症化を防ぐ効果があるといったところで、最初から重症化しない若者には関係ないことです。わたしに言わせれば若い世代の接種率が伸びないのは必然であって、よく20代の40%も打ったものだと驚きです。こんなバカげたことをやっているのは相模原市だけでなく、全国の自治体が同様に「早く打て」の大合唱なのですから呆れます。観光事業支援の「Ｇｏ Ｔｏトラベル」の前哨戦の「県民割」も参加条件に「ワクチン３回接種完了者」とありますが、ワクチンは打った方の感染率が高いのですから感染者の参加を防ぎたいなら「ワクチン未接種者大歓迎」の方がまだ理に適っています。それとも「格安旅行」は国が大量に買い込んだワクチンの消費に協力したご褒美なのでしょうか。

(2022/06/17)

護憲派的コロナ対策

ＪR九州が新型コロナウイルスの感染拡大で乗務員の確保が困難になったとして、２０２２年7月27日から8月5日まで特急列車あわせて１２０本を運休すると発表しました。また、首都圏のバス路線も同様の理由で運休や減便などが行われ、バス停には長い列ができています。

コロナに限らず病気で仕事ができないのなら仕方がありませんが、多くの欠勤者はどこも悪くないのに、家族に陽性判定された者がいるというだけで「濃厚接触者」となり自宅待機させられている現状はいかがなものでしょう。２０２０年初めから現在に至るコロナ騒動で疲弊した経済を活性化させるため、感染者が増える度に出していた行動自粛要請を今後は出さないといっても、これでは事実上何も変わっていないのと同じです。それもこれも一回決めたものは後生大事に守り、いかに状況が変化しようと一切見直さないからにほかなりません。

まるで75年以上も「憲法」を見直さないのと同じように。

この病気は当初、「新型コロナ〝肺炎〟」でした。肺炎は人間の主要臓器である肺に起きる炎症で進行すると死に至る恐ろしい病気です。ですから絶対に感染してはいけないとマスクを常に着用し、感染を防ぐワクチンの開発が待たれたものでした。

しかし、やがてコロナが〝まれ〟に肺炎になることはあるものの過度に恐れるに足らない病気だということがわかってきました。それと共に「これさえあれば」と期待されたワクチンに感染予防効果がさほどないことも。政府は若者の3回目接種（最初は2回打てば完璧だと言っていたくせに）が進まないと騒いでいますが、ワクチンには感染防止効果はなく重症化を防ぐためのもので、最初から重症化リスクの低い若者には4回目は必要ないと言っているのですから3回目を奨める意味がわかりません。

そしてその「重症化を防ぐ」というのも怪しいものです。高齢者は重症化予防のために4回目ワクチンの対象としながら、大阪などでは高齢者に「重症化するから」といって外出自粛を要請しています。ワクチンを打てば重症化を防げるのなら接種済みの高齢者は若者と同じ行動をしても大丈夫でしょうに。まったく矛盾だらけです。

矛盾といえば感染予防にはマスクが第一といいながら、とっくの昔にマスクから解放された欧米に比べ、いまだにほとんどの国民がマスク着用の日本の陽性者が世界一なのはどうしてでしょう。ここにきてマスコミは連日、「陽性者数20万人突破」「陽性者数過去最多を記録」「新規陽性者数世界一」と陽性者数に焦点を当て国民を煽っています。数日間の出社停止を余儀なくされるのが困る絶対に休めない人たちが検査を避ける一方、何とかして仕事を休む理由が欲しい人たちはＰＣＲ検査場に列をなしています。そんな人にとっての「陽性判定」は大手を振って会社を休めるだけでなく、入院どころかまったくの無症状でも保険会社から入院給付金をもらえるのですから、まさにコロナ様様でしょう。

検査人数が増えれば増えるだけ補助金を得られる「無料ＰＣＲ検査場事業者」、満床になることが未だに一度もなくても重症病床をもつだけで莫大な金額が毎日得られる「医療関係者」、ほんの一部の人たちの経済は補助金ビジネスで活性化しているようですが、こんなことをしていたら本来のニッポン経済は沈む一方です。猛暑の中、なかなか来ないバスを待つ人々が気の毒でなりません。

（2022/08/06）

クラスターの犯人を特定？

2022年8月に沖縄県那覇市で行われた1歳6ヶ月児向けの健康診断会場で、母親1人とこの母親の子供ではない別の幼児1人、それに健康診断に従事していたスタッフ4人、計6人の新型コロナによるクラスターが発生したというニュースがありました。

連日マスコミが「昨日は2万人、今日は3万人」と陽性者数を〝嬉々〟として報じている中、たった6人のクラスターなんて何を今さらと思いましたが、その記事の中身に驚くやら呆れるやら。なんとクラスター発生はマスクをしていなかった、幼児を連れた1人の母親のせいだと言っているのです。

当日、この母親はマスクを着用して会場を訪れましたが、健診の途中でマスクのひもが切れてしまい代わりのマスクをするまで10分間ほどノーマスクの状態があったようです。そして帰宅したこの母親に4日後になってコロナ感染がわかったため、保健所が他の来場者を調査したところ5人の感染者が判明したそうですが、その原因を「母親がその10分の間に咳をしたから」と言い出すのですから困ったものです。

これだけ感染者（無症状あるいは極々軽症が大半ですが）が増えたら感染経路の特定

など不可能であり無意味です。百歩譲ってこの母親が感染元だとして母親以外は全員マスクをしていたのですから、それでもうつってしまったのだとしたらマスクに効果がなかったということです。

否、それでもなおマスクには効果があるというのなら、マスクをしていないこの母親こそが他の誰かからウイルスをもらったと考える方が自然です。要は全員マスクの中にいた1人の未着用者を悪者にしてその場を収めようとしているのです。その証拠に保健所は「会場の空気の流れに停滞はなく、換気に問題はなかった」とすべての〝責任〟をこの母親に押し付ける発表をしています。そして、それをそのまま伝えるマスコミ。

マスコミは常々「個人を特定できる情報は避ける」として、我々が本当に知りたい「どんな人が重症化するのか、どんな人が死んでしまうのか」を伝えません。死亡者といっても、ほとんどが「基礎疾患のある高齢者」、簡単に言えば「病気の年寄り」でコロナなんて関係のない寿命の人の方が多いのにです。そしてそんな詳細のわからない死者数だけの報道により、多くの人がコロナを過度に恐れているのです。その一方で今回は何の確証もない1人の女性を犯人扱いしてさらし者にするのですから、そこには悪意しかありません。

「ちゃんとマスクをしていないと、このように公開処刑するぞ」と大々的に伝える今回のニュースを見ると、残念ながらマスクからの解放なんて夢のまた夢です。(2022/08/19)

子供にワクチンを強要するな

生後6ヶ月～4歳の子供にも新型コロナウイルスのワクチンが接種できるようになったというニュースが、2022年10月にありました。これまでの小児向けは5～11歳が対象でしたが、それがいよいよ4歳以下にまで広がったのです。

コロナワクチンは開発当初の「接種さえすれば感染しない、これこそが救世主」から「感染はするが重症化しにくい」に完全にトーンダウンしています。目的が「重症化しないこと」なら端から重症化しない若年層が接種する意味はどこにあるのでしょう。接種には一方でリスクが伴います。厳しい副反応は多くの人々の知るところですが、そのほかにもみんなが知らない(報道されない)はるかに重篤な症状を引き起こし死に至る場合があります。

いや、ここははっきりと少なくない数の死亡者がでていると言った方がいいでしょう。しかし、それらはほとんどすべてが「ワクチンとの因果関係は不明」で片付けられているのです。これは関係ないかもしれないがあるかもしれない、要するにわからないということです。ならばそんなリスクのあるワクチンを少ないメリットのために接種する必要がどこにあるのでしょうか。重症化リスクの高い高齢者ならまだしも子供たちへの接種に『健康上』の意味があるとは思えません。

そんな子供たちへの接種が予防接種法上の「努力義務」だなんてとんでもないことです。そもそもワクチンは接種するのもしないのも自由なはずです。それを強制力はないとはいえ「義務」とはいったい……。わたしの住む市ではワクチン未接種者に「ワクチン接種にご協力をお願いします！」というハガキが届いています。それには「ご自身の健康はもとより、ご家族その他周囲の方への感染を抑止するため」と、まるで未接種者がウイルスをまき散らしているような書きようです。そして笑ってしまうのは「初回接種では従来型の新型コロナウイルス用ワクチンを接種しますので、あらかじめご了承ください」の文言です。

百歩譲ってオミクロン株対応の最新ワクチンに感染予防効果があるとするなら全員がそれを打つべきで、わざわざ未対応を勧める意味がわかりません。そうしないのはワクチン接種推進の理由がそれこそ在庫処分をしなければならないなど、国民の『健康上』以外のものにあると考えるのが自然です。そんな胡散《うさん》臭い代物をこの国の未来を担う大切な子供たちの身体に入れることには絶対に反対です。

(2022/10/30)

ノーマスクでは勝てない

2022年10月、渡辺明名人への挑戦権を争う将棋の第81期名人戦・A級順位戦で、永瀬拓矢王座と対戦していた佐藤天彦《あまひこ》九段が対局中にマスクをはずしたことで反則負けになったというニュースがありました。

日本将棋連盟は新型コロナウイルスの流行を受け、マスクをつけられない理由をあらかじめ届け出て許可を受けた者以外は、飲み物を飲むなど一時的な場合を除き対局中のマスク着用を義務付けていました。この対局は佐藤九段ももちろんマスクをして午前10時から始まりました。将棋の対局は長時間に及びます。12時間以上が経過した午後11時過ぎ、いよいよ最終盤になり集中していたのでしょう。佐藤九段はそれまでしていたマスクを取り次の一手を考えました。そしてそれから1時間ほどしてマスクをつけていないことの指摘を受け「マスクをしていないからあんたの負け」とされてしまったのです。

将棋連盟もなんとも愚かなルールを作ったものです。将棋や囲碁は頭脳をフル回転する〝競技〟です。それなのに顔の半分を覆うマスクなんてしていたら集中力を欠きベストなパフォーマンスができるわけがありません。プロ同士の熾烈極まる戦いを見せてこそ将棋界の発展があるのに、こんな縛りをしたのでは自らそれを放棄しているのと同じです。

なによりこのルールは何を目的にしていたのでしょうか。「そんなもの感染防止のために決まってるだろう」と言うのでしょうが、それならなぜ何十分もノーマスクを許していたのでしょう。マスクに感染防止効果があるとするなら、勝敗云々ではなく〝感染防止〟のため、すぐにマスク着用を促さなかったのは不自然です。すべてはマスクをすることが目的、もっと言えば〝マスクをしています〟＝〝感染対策をしています〟のアピールをしたいがために〝マスク義務〟としていたからにちがいありません。そんな〝ちゃんとやってます感〟のために思考力低下が否めないマスクを強要されるなんて、一指し一指しに生活がかかっているプロ棋士には堪ったものではないでしょう。

２０１９年12月、中国・武漢で発生したコロナは当初〝コロナ肺炎〟であり、死に直結すると考えられました。そのため絶対に感染してはいけないとマスク着用が推奨されたのですが、今となってコロナは恐れるに足らない病気とわかりました。

こんなことを言うと必ず「いや、それでも重症化して死んでしまう人もいる」と反論する人がでてきますが、それはコロナに限らずすべての病気にいえることです。いままでインフルエンザが大流行したとき、すべての国民がマスクをしていたでしょうか。具合の悪い人、感染リスクの高い人くらいで、ほとんどの人はマスクなんかしていませんでした。しかし、今は99％の人がしています。これは明らかに異常なことです。

今、マスクをしている人はみんな具合が悪いのでしょうか、感染リスクが高いのでしょうか。多くの人たちは「みんながしているから」「何か言われたら嫌だから」というのが本音でしょう。既に日常を取り戻し明日に向かって進んでいる外国に対し、いつまでも昨日のままでいる日本。世界から見れば本物のガラパゴスよりガラパゴスに映って

いることでしょう。（2022/11/07）

観光業者優遇は不可解だ

2023年1月10日から「旅行割」が再開されたというニュースがありました。「旅行割」とは「全国旅行支援」のことで、政府の財政支援を受けて各都道府県が実施する観光需要喚起策です。簡単に言えば「国が旅行費用の何割かを負担してあげますから、みなさんどんどん旅行に行ってください」というものです。

2020年から始まったコロナ騒動で湯水のごとく税金をばら撒き、挙句の果てに国の存続に関わる防衛に使う予算が足りないから増税だという今、まだ一部の人の〝お楽しみ〟に税金を使おうとするのですから呆れます。確かにこの3年間のコロナ禍で観光業界が大打撃を受けたのは間違いありません。百歩譲ってそこを救済するためだとしても、打撃を受けたのは観光業界だけではありません。あらゆる業界が疲弊し、日本経済は一気に冷え込んでいます。旅行に行ける人は〝時間〟と〝お金〟に余裕がある人です。多くの国民が収入を減らす中、「さあ、『旅行割』で旅行に行こう」となるのは年金暮らしの高齢者か大金持ちくらいでしょう。困っている人を助けないで、コロナの影響が最も小さかった人を支援だなんて明らかに予算の使いどころが間違っています。

さらに宿泊施設の中には「旅行割」を見込んで、その分の料金を上乗せしているところも多く、国民が支払う金額は「旅行割」があろうとなかろうと変わりません。支援なんて言ったところでそれは利用者のものではなく業者サイドのものにほかなりません。否、百歩譲ってそれでも「旅行割」が国民のコロナによる閉塞感を打破するきっかけになるというのなら、その前にコロナを一般的な感染症扱いの5類に落とすべきです。片方で重篤な感染症である2類相当にとどめておき、さらに感染が拡大していると脅しながら「さあ、旅行に行こう」なんて支離滅裂です。

そして最もわけがわからないのが対象者を「ワクチン3回接種済」としているところです。多分、感染者が旅行という〝移動〟でウイルスを撒き散らすことを懸念してのことでしょうが、当初の「2回接種でコロナ克服」なんて嘘っぱちでいまやワクチンによるコロナ予防効果がないのは周知の事実です。百歩譲って「それでもワクチンを打った方が未接種より感染しない、重症化しない」だとしても、3回じゃダメだから4回、5回打てと躍起になっている中での〝3回接種でOK〟では辻褄が合いません。

こんな矛盾だらけで一部の利権者のための政策は即刻やめるべきです。いずれにせよ、ワクチンを1回も接種していないわたしには「旅行割」はまったく無縁のもので、ここまで三百歩も譲ったところで何の恩恵もなく、普段より3割ほど料金を上乗せされた東京のホテルでこのコラムを書いています。


（2023/01/15）

情けない総理の姿勢

岸田文雄総理が2023年春をめどに新型コロナウイルスの感染症法上の分類を2類相当から5類に引き下げる方針を固めたというニュースがありました。

国は、ひとたび罹れば命に危険を及ぼすペストなどの「1類」から、感染しても死に直結しないインフルエンザや梅毒などの「5類」まで感染症を5つに分類しています。

2020年1月、中国・武漢で発生した新型肺炎感染者が日本で初めて確認されたとき、コロナはその特性がわからなかったためひとまず「2類相当」とされました。しかし、すぐにこの病気が極めて危険だと判断した政府は感染者を完全に隔離することはもちろん、その接触者も徹底的に調べ上げ「絶対に感染を拡大させない」方針を打ち出し、外出自粛要請など「2類」よりも厳しい措置がとれるほか、緊急事態宣言のような強い行動制限もできるよう5つの類型に入らない「新型インフルエンザ等感染症」にコロナを位置付けたのです。

それから3年が経過し、コロナはさほど恐ろしい病気ではないことがわかりました。アメリカやヨーロッパではすでにコロナは過去のものとなりすっかり日常を取り戻している中、日本は相も変わらず「2類相当」の病気として扱っていましたが、ようやくそれを変えようというのです。

そもそも現在では「発熱、咳、のどの痛み」などコロナが疑われる症状があっても「市販の検査キットを使って自分で判断してください」なのですから2類もなにもあったものではありません。とっとと普通の病気あつかいにするべきなのですから今回の表明には大賛成ですが、その中身は疑問だらけです。「2類」「2類相当」では患者は一定の自由を奪われる代わり医療費は公費負担となります。それに対し5類は国家的公権による制限は受けませんが、治療に関する公費負担などの恩恵もありません。しかし、今回は5類に引き下げても入院や外来医療の公費負担は継続の方針といいますから呆れます。

病気になったら治療費が必要なのは当たり前でしょう。「お金がなくて治療が受けられない人がいたら大変だから」がその理由のようですが、それなら胃潰瘍を治療しても、結膜炎を治療しても、捻挫を治療してもすべてタダでないと辻褄が合いません。なぜ〝コロナ〟だけが特別なのでしょう。5類にするということとは〝普通の病気〟だと認めることなのに。さらにワクチンまで無料継続とは。もっともこちらは有料にして在庫がはけなくなるのが困るからなのでしょうが。

さらにおかしいのは5類にするとともに「マスクをしないでもいいよ」と言うつもりだとしているところです。国が2類相当から5類にしたら、それに合わせてウイルス感染力が弱くなるのでしょうか。もう、やっていること、言っていることが支離滅裂です。何かと言えば「検討、検討」で一向に「決断」せず、少しも事態を進展させない岸田内閣。百歩譲って分類変更には手続き上の問題があり春までかかるとしても、今すぐにでも言える「マスクなんていらない」すら「検討」するなんて……。ああ情けない。

(2023/01/27)

インフルとコロナはどれほど違うのか

相も変わらず「本日の感染者は○○人」と大々的に伝えられる新型コロナの2類相当から5類への移行がゴールデンウィーク明けの2023年5月8日になるという報道がありました。2類相当にとどまることで様々な得をしてきた人たちにとっては、せっかくの儲け口がなくなりさぞかし残念なことでしょうが、意味のない規制で数々の制限を強いられていた身としては喜ばしい限りです。ようやく一歩前進することになりましたが、それでもまだ3ヶ月もかかるのが辛いところです。

2月に入り寒さが厳しくなるにつれ、福岡県で小中学校の76クラスが学級閉鎖となるなど全国でインフルエンザが久しぶりに猛威を振るっています。病院によってはコロナ患者よりインフル患者が多いところもあるようで、いま注意が必要なのは明らかにコロナよりインフルです。

インフルがこの3年間流行しなかった理由は「コロナでみんなマスクをしているから」とされていましたが、現在でも街でノーマスクの人を見ることがないことを考えるとその真偽は微妙です。

わたしは医者ではありませんので専門的なことはわかりませんが、インフルエンザの症状は「発熱」「咳」「喉の痛み」などでほぼコロナと同じことからも、いままで「コロナ」と過剰に警戒していたものもインフルの一種で、この3年間も例年通り流行していたと考えると合点がいきます。「コロナなんて普通の風邪と変わらない」はあながち間違っていなかったのかも。そしてそのインフルエンザは5月まで待つこともなく今も昔も5類なのです。

(2023/02/04)

杞憂ならいいのだけれど

1945年8月6日、広島に投下された原子爆弾は一瞬で多くの人々の命を奪いましたが、悲劇はそれだけでは終わりませんでした。九死に一生を得たと思った人もその後、長きにわたって原爆症に悩まされることとなったのです。国は被爆者援護法に基づき、原爆が投下された際に爆心地にいたり、後になって爆心地に入り放射線を直接浴びた人などに対し、がん検診などの健康診断を無料で実施するほか各種手当の交付などの援護をしています。その人数は戦後77年を経た今もまだ11万人以上を数えるなど、いかに原爆の威力が大きく恐ろしいものだったのかがわかります。

そんな中、被爆者の子供、いわゆる広島原爆被爆2世の28人が「被爆2世が親の遺伝的影響を受けることは否定できない」のに被爆2世を被爆者と区別して援護対象としていないのは、平等権を保障する憲法14条に違反するとし、国に原告1人あたり10万円の支払いを求めて起こした裁判に対し、広島地裁が国の賠償責任を認めず原告側の請求を棄却したというニュースが、2023年2月にありました。

放射線被曝が悪性腫瘍（がん）や白血病の発病に大きく関与することは知られていま

す。被爆2世の中には、その病気により親（被爆者）を見送った人も多いことでしょう。そんな2世が「親の血を引いている自分もいつか発症するのでは」と不安になる気持ちはわかります。彼らにしてみれば身体の中に時限爆弾を抱えているのと同じでしょう。

しかし、今回の判決は国側の「親の被爆による次世代への遺伝的影響は確認されていない」という主張を支持しました。では、2世の中にがんや白血病になった人はいないのでしょうか。もちろんそんなことはなく、単に「影響は確認されていない」、すなわち「因果関係が明確でない」と言っているだけです。それで死ぬまで不安が続く被爆2世が、長崎投下分を含めてまだ全国に30万から50万人もいるのですから改めて原爆がいかに非道な兵器だったのかがわかります。

「因果関係が明確でない」……全国で超過死亡数が大幅に増加している最近、よく聞く言葉です。専門家の中にもその原因がコロナワクチンにあると指摘する声がありますが、国は頑として「因果関係が明確でない」と突っぱねます。しかし、ワクチン接種後、突然亡くなったり原因不明の不調に悩まされたりする人がいるのは事実です。さらに厄介なのはそれがいつまで続くのかわからないことです。アメリカに落とされた原爆で被爆2世として生きることを強いられた人と、自ら進んで接種して異変に見舞われた人とを同列にはできませんが、彼らもまた不安を抱えて生きていかなければなりません。数年後、あるいは数十年後、原爆同様に「国が保障しろ」との訴訟が各地で起こらないか心配です。もっともそれでもそれは「因果関係が明確でない」で片付けられるのでしょうが。いまはこの心配が杞憂に終わることを願うばかりです。

(2023/02/17)

実態はワクチン支援だ

コロナが一段落し、全国の観光地に旅行客が戻って来ているようです。京都にも外国人観光客が多数訪れ賑わいをみせています。いまのところアメリカやオーストラリア、香港などからの来日が多いようでみなさん穏やかに日本を楽しんでいますが、2023年5月8日の水際対策撤廃により、また中国人観光客が大挙して押し寄せ、街が騒がしく汚くなると思うと憂鬱な気分になります。

旅行者は外国人だけではありません。日本人も巣ごもりをやめ各地に繰り出すようになりました。その後押しとなっているのが国の推し進める「全国旅行支援」ですが、一方でお金が足りないから社会保険料を上げると言っておきながら、すべての国民でなく一部の個人旅行に国が援助金を出すという極めて不公平なものに税金を使う施策には違和感しかありません。

コロナ禍で時短や休業を要請した飲食店には協力金という名の多額の〝税金〟が注ぎ込まれ、中には通常営業より利益増となったところもあったようです。それに対し、旅館や土産物屋には何の支援もなく開店休業状態で赤字が膨らむばかりでした。百歩譲って今度は旅行者を増やして観光業者を助けるためと言うのならまだ我慢もしますが、割引条件に未だに〝ワクチン3回接種〟とあるのだけはどう考えても納得できません。ワクチンで感染が予防できないことは「全国旅行支援」を企画したときからわかっていました。さらに3月にはWHO（世界保健機関）までがワクチンの効果に疑問を呈し、健康な成人や子供への追加接種を推奨しないと打ち出しているのにです。

ワクチンを大量に買い込んでおりなんとかさばかなくてはならない、あるいは製薬会社にこれからも継続購入すると約束しているからやめるわけにはいかないのかは知りませんが、メリットよりデメリットの方が大きい代物を国民に強いる政府にはうんざりです。今日もテレビからは「ワクチン打て、打て」のCMが流れてきます。これはどうみても「旅行支援」ではなく「ワクチン支援」です。

（2023/04/21）

尾身会長には呆れる

ゴールデンウィーク（GW）真っ只中です。2023年は5月の1、2日に有休を取り最長9連休にした方もいたようで、コロナ禍で行動を制限されたこの3年間の鬱憤を晴らそうと各地の行楽地はどこも結構な賑わいをみせています。GWはまとまった休みの取りにくい日本のサラリーマンにとって貴重な長期休暇ですから存分に楽しんでもらいたいものです。

わたしはといえば自分の思い次第でダイヤモンドマンスにもプラチナイヤーにもできる生涯フリーランス生活ですから、ゴールデンウィークといっても普段となんら変わらぬ生活で、執筆（始まった週刊誌の連載やこのコラムなど）やYouTubeライブなどの仕事に励む毎日です。

そんなGWの真っ只中に新型コロナウイルス感染症対策分科会の尾身茂会長が共同通信のインタビューに対し「(コロナは) まだ普通の病気になっていない」と答えたというニュースがありました。まず、驚いたのは日本中が日常を取り戻しつつある現在、いまだに分科会があったということです。2020年初から日本国民を煽れるだけ煽り、結果的に全国にいる仲間の医者たちをぼろ儲けさせた分科会なんてとっくに解散したと思っていましたのに。さらにまだ儲け足りないのか、この期に及んでまだ「コロナが……」ですから呆れてものが言えません。

会長は「ここにきてまた感染者が増えている」と言いますが、多くの人は「それがどうした」としか思わないでしょう。特別なリスクを抱えているひと以外、コロナを恐れなくてもいいことは周知の事実です。だからこそ人々はこぞって外出しているのです。そんな旅行者にとって会長の言葉はただの不愉快な雑音でしかありません。本当に危険を知らせる警鐘ならまだしも、自身の存在感を示すためだけにせっかくのGWに水を差すようなことはやめてもらいたいものです。

(2023/05/07)

ワクチン被害者にも向き合え

佐賀県で新型コロナウイルスのワクチンを接種した後に死亡した80代男性の遺族に対し、4400万円あまりの死亡一時金が支払われることになったというニュースが、2023年7月にありました。これは国が「ワクチン接種との因果関係を否定できない」と認めた場合に一時金などが支給される厚生労働省の予防接種健康被害救済制度によるもので、死亡事例の認定は今回が県内で初めてだそうです。

コロナワクチンに関して当初は接種後に「具合が悪くなった」と報告しても国は「ワクチン接種との因果関係が確認できない」とほとんどを門前払いしていました。しかしその数があまりにも多くなりついに譲歩せざるを得なくなったのでしょう。国を信じて接種し被害に遭われた方には遅まきながら一歩前進となりましたが、その数はまだ微々たるもので多くの人たちが泣き寝入りをしているのが現状です。

さらに恐ろしいのはワクチン接種の影響が接種後すぐに現れるとは限らないことです。

ワクチン解禁の時には我先にと接種していた人も、ほどなくしてその効果がわかったため、ほとんどが2回か3回で中止しています。そんな人たちは最終接種から随分時間が経過していますから、それこそいまさらワクチン接種との因果関係は確認できないでしょう。

さきほどワクチンの〝効果がわかった〟と書きましたが、それはプラスの効果のことであって、マイナスの部分は未だわかっていません。これから先、いつまで心配しなければならないのかと考えると、国はなんとも罪作りなことをしたものです。なにより、いくら補償金をもらったとしても失った命は戻ってきません。国は補償金を支払うことで責任を果たしたと思っているのでしょうが、それは複雑な心境でそれを受け取る遺族の気持ちをないがしろにするあまりにも愚かな考えです。

（2023/07/28）

6　道徳崩壊

この頃治安が悪くなったと感じている方も多いのではないでしょうか。ＳＮＳで知り合った者同士が安易に強盗、殺人に手を染めた事件、家族連れが寿司を安価に楽しむチェーン店での信じがたい振る舞い等々、連日のニュースを見ているとそんな気になるのは当然です。

しかし実はデータ的に見れば、治安は悪化していないとも聞きます。警察庁の発表では、刑法犯の認知件数は２００２年の約２８５万件をピークに下がり続け、２０２１年には57万件ほどにまで減っています。にもかかわらず、どこかわたしたちは「治安が良くなった」という実感を持てないようです。

その理由はさまざまでしょうが、一つ思い当たるのは、何となく国民の公共心のようなものが低下していると感じる場面が多いからではないでしょうか。道徳が崩壊していると言ってもいいでしょう。「しょう油ペロペロ」で話題になった、回転寿司店でのマナー違反などはその代表かもしれません。

SNSの影響もあり、そういう困った人の困った振る舞いを目にする機会が増えました。結果として、嫌な気持ちを抱いたり、社会への不安を感じたりする回数も多くなったはずです。

そういう人を減らすことは難しいでしょう。しかし、人のふり見て我がふり直すことに、以下のような人たちは良い反面教師となりえるかもしれません。

退職金は権利だけれど

2022年6月、福岡県北九州市に本社を置く、日本最大級のタクシー会社の取締役会長が退いて相談役になるに伴い、約16億円の特別功労金が支払われるというニュースがありました。

その金額にもびっくりですがさらに驚いたのはこの会長の年齢です。彼はなんと100歳で現役の取締役会長として指揮を執っていたのです。

このタクシー会社は1960年に当時38歳の会長により5台の保有台数で創業され、2021年には約8800台にまでなっています。1922年生まれのこの会長は23歳の時、中国で終戦を迎え復員しました。そして砂糖の卸売りを始めたところ朝鮮戦争の特需景気にも乗り一財産を築きましたが、世の中が落ち着いてくるにしたがい次第に経営が悪化していったそうです。そこで次に目を付けたのが現金商売のタクシー事業でした。そして当時どこの会社のタクシーにもなかった無線をいち早く導入し、待ち時間を大幅に短縮することにより顧客の信頼を得てどんどん事業を拡大していったのです。

いつの時代も商売で成功する人は独自の嗅覚を持っています。一般的にうまくやるには時代の一歩も二歩も先んずればいいと思われがちですが、機が熟していなければ何の成果も得られません。要はタイミングを誤らないことが最も重要で、優れた商売人はそこを的確に嗅ぎ分けるのです。そして、いざその瞬間になれば思い切った勝負に出ます。冷静な判断力とここ一番での度胸を兼ね備えている人間のみが成功者となれるのです。

そんな一代でグループ全体1万4000人の従業員を擁する企業を築いた会長の功労

金ですから16億円は決して高いものではないのかもしれません。しかし、その結果この会社は16億円の特別損失を計上しなくてはならなくなり利益が赤字になってしまうそうです。

戦争を体験した人たちは全てを失った日本を立て直そうと必死に働きました。それは経営者だけでなく従業員、ひいては国民全員がです。企業は赤字になると法人税の支払いを免れます。70年近く日本のために頑張ったものの、最後に「お国」に貢献することができなくなった会長はさぞかし心残りのことでしょう。

(2022/05/20)

優先席の使い方を考える

現代ではほとんどの公共交通機関で「優先席」が設定されています。これは障碍者、高齢者、妊婦やその他、立ったまま電車やバスに乗るのがつらい人を、それ以外の人たちに〝優先〟して利用してもらおうとする座席です。そんな「優先席」は、札幌市営地下鉄では「専用席」と呼ばれ文字通り対象者しか座れない席となっています。優先席に健康な若い人が座っていてもマナー違反で済みますが、専用席となるとそれはルール違反となり、より強く責められることとなります。

2022年5月には専用席に座っていた女性自衛官を注意した高校生が、その同僚の男に暴行される事件も起きています。鍛えられた自衛官が電車の中で無抵抗の高校生を殴る蹴るなんて自衛官が悪いのはもちろんですが、その前に高校生が注意した女性が果たして本当にその席を必要としていなかったのかは疑問です。

頭が真っ白でしわだらけの顔をしている、松葉杖をついている、大きなお腹をかかえているなど、外から見てすぐにそうだとわかる人だけが座っての移動を求めているわけではありません。外見上は健康にみえても病み上がりの人もいますし、急に具合が悪くなり早退して帰宅途中の人もいるでしょう。本来、その席に座って良いのか他に譲るべきかを決めるのは本人だけであるはずです。

北海道にある北星学園大学の調査によると、札幌市営地下鉄の専用席利用者における本当にその席を必要としている人の割合は93・4%と高率であるのに対し、関東の地下鉄の優先席では19・9%にとどまっています。また、その対象者が立っていた割合は、市営地下鉄が13・2%、関東が46・6%で、これらの数字をみると「専用」としたことで一定の効果はあるようです。

さらに専用席・優先席の空席割合は市営地下鉄が55・4%に上った一方、関東は22・1%と市営地下鉄では対象者以外は座らないというマナーが浸透しており、混雑時でも空席になっているようです。しかし、これは時と場合によって是非が分かれるでしょう。

毎日通勤ラッシュと格闘している友人に聞くと、関西でも優先席に座らない人は一定数いるといいます。友人はそんな人たちに対し「自分は座らなくても大丈夫と判断したのだろうからそれはそれでいいのだけど、それなら空席の前に立つなよ」と憤ります。

たしかにぎゅうぎゅう詰めの車内では席を空けているより座ってもらった方が1人あたりの空間が広くなります。彼は優先席を塞ぐように立っているのは自己満足に過ぎず逆に迷惑だとまで言います。ただ座ったとして、いざその時にすぐに立ち上がってくれるかどうかはわかりません。なぜなら最近の車内ではほとんどの人がスマホの画面に夢中で周りの状況に一切関心を持たないからです。その気があっても気づかなければ行動に移せません。そうなるとやはり残念ながら「最初から座らない」が正解なのかもしれません。

日本人は他人を思いやる心をもつ民族だったはずです。優先席だ、専用席だなんて議論をすることは本来、情けないことなのです。

(2022/06/17)

公費でのタクシー通園とは

兵庫県川西市が2023年3月で廃園になることが決定した市立清和台幼稚園に子供が入園予定だった1家族に対し、別のこども園に通うためのタクシー代を全額公費負担することにしたというニュースがありました。

市によりますと、この家族は清和台幼稚園廃園の知らせを受け、区外にある別の市立こども園へ子供2人を2022年9月から入園させることを希望したそうです。市は入園を認めましたが、区外からの通園には保護者が自家用車などで送迎することになっています。ところが保護者が「運転に不安がある」などと訴えたため急遽1日あたり1万7700円、9月から2023年3月までの130日分合計約230万円を予算計上したということです。

地域に暮らす子供たちが健やかに成長していくのは何よりも素晴らしく、その後押しを行政が行うのは当然のことです。通園手段がなく幼稚園に通えない子供にタクシー代を援助することは決して間違っているとは思いません。しかし、それが許されるのはバスも電車も走っていない山奥でのことであって、川西市は交通網も整備された普通の街ですから、自家用車がないにしても代替手段はいくらでもあります。毎朝、前後にこども2人を乗せた自転車を必死で漕いで送迎している母親を見ない日はありません。そんな人たちが公費によるタクシー送迎を聞いてどう思うでしょう。さらにこのこども園への通園を区外で送り迎えができないからと断念した家庭も複数あったそうで、この一家だけタクシー送迎するのはあきらかに不公平です。

そして疑問に思うのは元々2023年4月からの入園だったものが、なぜ2022年9月に繰り上がったのでしょうか。清和台幼稚園の廃園を決めたのが川西市だけに「そっちの勝手で計画が狂ったのだからこっちの言い分も聞け」と言われ、市が面倒だからとそのまま受け入れたとしたら、その弱腰にはがっかりです。

市民サービスで絶対にあってはならないのは「不公平」です。全員が満足することはないにしても、全体のバランスを見て大多数が納得する落としどころを探す手間を惜しんではなりません。声が大きいからとほんの少数の意見を優先するなんてもってのほかです。ところでこの保護者は「運転に不安がある」と言っていますが、そんな可愛い我が子の送迎もできないようなへなちょこドライバーは一切運転せずさっさと免許を返上すべきです。公道にはまともに運転できる者しか出て来てもらっては困ります。

(2022/08/06)

救急車に道を譲らない人

文字通り命を救うために急ぐ「救急車」。そんな救急車に道を譲らない車や歩行者が増えているという記事が、2022年8月にありました。後方からサイレンを鳴らした救急車が接近してきたら道路の左端に寄り進路を譲る、教習所で習わなかったドライバーはいないはずです。それなのになぜそれを実践しないのでしょうか。

最近の車はエアコンが完備され窓を開けない上に密閉性が高く、車内は静かな空間が保たれています。それゆえ救急車のサイレンに気付かないのか。否、わたしは運転中、オーケストラによる交響曲をそれなりの音量でかけていますが、緊急車両のサイレン音ははっきりと認識できます。耳に直接イヤホンを突っ込んでいないかぎり気付かないなんてことはないでしょう。それではなぜ。

その理由は「想像力」の欠如にほかなりません。道を譲らない人たちは「こっちも急いでいるんだ、誰もが通っていい道なのにたかがピーポーになんで譲らないといけないんだ」と思っているのでしょう。たしかに救急車はサイレンを鳴らしパトランプを回しているとはいえ、ただの自動車です。しかし、そこらの自動車と明らかに違うのはその中に一刻を争う病人やケガ人が乗っていることです。そう考えると普通の感覚なら誰もが「1分1秒でも早く病院に着くよう急いで！」と思うことでしょう。さらにその搬送者が自分の身内だったら、進路をふさぐ車両に憤りすら覚えるはずです。すべては救急車そのものしか見ておらず、車内にまで想いを馳せることのできない拙さが原因なのです。

救急車を見て「他人事」ととらえるか「明日は我が身」ととらえるかで、どのような行動をとるべきかは自ずと決まります。自己中心的でない思いやりあふれる日本人としては後者でありたいものです。

（2022/08/13）

119番に20回電話した女

群馬県警大泉署に59歳のアルバイトの女が偽計業務妨害の疑いで逮捕されたというニュースがありました。

この女は2022年5月以降約20回にわたり公衆電話から119番し、何も話さずに電話を切っていたのです。119番といえば火災、救急など一刻を争う場面での緊急通報窓口です。そんなところへ無言通話をして回線を塞ぐのは市民の安全安心への冒瀆以外のなにものでもありません。さらに業務妨害は電話回線を無駄に使ったことだけではありませんでした。通報（無言ですが）を受けた消防署はその都度、発信元を割り出しそこに署員を派遣し安否確認をするなど、実際に人員を割かれていたのです。無言電話と聞いて「そんなもんいたずらに決まってる、放っといたらええねん」と思っていたわたしですが、「無言なのは、なんとかダイヤルを回したものの声を出せずに電話口で助けを待っているのかもしれない。その安全を確認するまで任務は終わらない」という救急隊員の言葉に、わたしたち市民の安全がこうして守られていると知って本当に頭の下がる想いです。

それだけにその業務を邪魔することは絶対に許されないと改めて思いました。緊急通報は１１９番だけではありません。東京では警視庁に意味のない１１０番通報を繰り返して業務妨害した47歳のアルバイトの男が、２０２２年8月に逮捕されています。なんとこの男は11日間で２６８回も「俺は刑務所に行きたいんですけど」と言ったり、無言電話をしたりしたのですが、今回の逮捕でその願いが叶うのは良かったのか、悪かったのか。そして面白いのは逮捕のきっかけです。

なんと通報に使われた携帯電話の番号からこの男がわかったというのです。どうやら男はいかに１８４（番号非通知設定）を押そうと１１０番や１１９番への緊急通報の場合はその効果がなく、バッチリ番号が表示されるのを知らなかったようで、あたかも自己紹介するように電話を掛けていたのです。

余談ですが刑事ドラマでの誘拐犯とのやり取りのシーンで、かかってきた電話から犯人の居場所を探る「逆探知」。アナログ交換機で回線が構成されていた時代では相手の距離が遠ければ遠いほど交換機の数が増えることになり、たどり着くまでに時間がかかっていましたが、現代ではその交換機がデジタル交換機になったため、タイムロスがなく1秒もかからず逆探知できるようになっているそうです。ですから「会話をもっと続けて」なんて必要はありません。もっとも現代では身代金要求のシーンも固定電話ではなく携帯電話を使っています。まさか、その画面に「犯人から」なんて表示はないとは思いますけど。

(2022/08/19)

何より子供を大事にしてほしい

静岡県牧之原市の認定こども園に通う3歳の女の子が通園バスの中に取り残され死亡するというなんとも痛ましく、そして腹立たしいニュースが、2022年9月にありました。

当日は30度を超す暑さで、そんな日に5時間以上も閉め切った車内に放置されたのですからさぞかし苦しかったことでしょう。

そして苦しいのはなによりも大切な子供、孫を失ったご遺族も同じです。幼稚園、保育園は子供が初めて親と離れて生活する場です。子供も不安でしょうが親も不安なものです。それまで24時間目の届くところにいたものが、まったく姿が見えなくなるのですから。「泣いていないだろうか」「みんなと仲良くできているだろうか」「ちゃんとご飯は食べているだろうか」と心配の種は尽きません。それでも「いってらっしゃい」と笑顔で送り出せるのは、そこの先生や職員に全幅の信頼を寄せているからです。彼らは何をおいても子供たちを守ってくれるという前提の上で成り立っているのです。

にもかかわらず、それを裏切り「確認を怠りました。ミスでした」で子供を殺されたのですから、その怒り、悔しさを想うとかける言葉が見つかりません。事件（事故ではなくあえて事件と書きます）を受け、識者の発言やネット上では「タブレットを使って乗車、降車のチェックを徹底する」「園児の在籍数と出席数に差異があるときは、その居所が確定するまで調査する」など二重三重のチェック体制が必要との意見がでていますが、わたしには「何をもっともらしいことを言って納得しているんだ」としか思えません。なぜなら、バスを施錠する前に一番後ろの席から前まで確認するという最も効果的でありながらシンプルなことすらできないのですから、そんなことができるわけがありません。

そして各地で子供が緊急時にクラクションで助けを求める訓練をしていると聞いてさらに悲しくなりました。就学前の子供といえば、なにも考えずにただ思うがままに生きていても親、知り合い、そして社会から100%守られるべき存在です。そんな幼い子供でさえ自衛のための訓練をしなければならなくなったなんて。いったいこの国の大人たちはどうしてしまったのか。

(2022/09/16)

EV車に感じる偽善

国慶節（建国記念日）による2022年10月1日から7日までの連休があった中国の

道路が大混乱したというニュースがありました。

中国では現在、新車販売の4分の1をＥＶ（電気自動車）などの新型エネルギー車が占めているそうですが、そのＥＶ車は航続距離が４００㎞ほどしかなく、電池切れの度に充電し直す必要があります。もちろんガソリン車でも燃料切れでは走ることができません。しかしガソリン車が5分もあれば満タンにできるのに対し、ＥＶ車は30分から数時間の充電時間を要しますから再出発までの待機時間は大きな差となります。

そんな車が連休中に一斉に道路に出てきたのですから大変です。充電待ちの車があふれ、普段なら10時間で行ける場所に40時間もかかったなんて報告もあるくらい大混乱となったのです。

地球温暖化防止のために二酸化炭素の排出量を削減しようと自動車メーカー各社はＥＶ車の開発を急いでいます。いまやＥＶ車は未来の自動車、それを作るメーカーは環境に配慮する優良企業、そしてＥＶ車を選ぶユーザーこそが「地球にやさしい」という風潮です。たしかにガソリンに比べて排気ガスと無縁の電気はクリーンなのでしょうが、国や自動車メーカーが言うようにＥＶ車への置き換えですべてがうまくいくのでしょうか。

わたしは日本でEV車が増えることには懐疑的です。なぜならEV車には〝電気〟が必要だからです。一戸建て住宅ならまだしも、国民の多くがマンションなどの集合住宅に住む我が国では十分な充電器が確保できるとは思えません。駐車場に1基や2基なら可能でしょうが、充電時間を考えると駐車台数と同数確保できないと意味がありません。充電待ちのために「乗りたいときに乗れない」自家用車なんてまったくの役立たずです。そして仮に台数に合わせた数を用意するとなるとその設備費用は小さくありません。それでなくても駐車場代の高い都市部でそのアップを容認できるのでしょうか。

我が国で本当にEV車を普及させようと思うのなら、1回の充電で最低でも1000km以上走れる、あるいはフル充電が10分以内に完了するなど飛躍的な技術アップがなくてはなりません。国やメーカーの口車に乗せられEV車を買ったはいいけど、いつも電池切れの心配をしなくてはならないなんて堪りません。そして充電のための発電機にガソリンを入れていたのでは、なんのためのEVなのかわかりません。

（2022/10/22）

ヤングケアラー問題の背景

病気や障碍のある家族や親族の介護・面倒が忙しく、本来受けるべき教育を受けることができなかったり、同世代との人間関係を満足に構築できなかったりする子供たちのことを「ヤングケアラー」と呼ぶそうです。

そんな「ヤングケアラー」の現状を把握するため、千葉県が初めて小中高生を対象に実態調査を行ったというニュースが、２０２２年11月にありました。

この調査は公立の小学6年、中学・高校2年のうち約11万７０００人を対象にして行われ、９・８%にあたる1万１４５０件の回答を得たということです。その結果は小学6年生のうち14・6%が「世話をしている人がいる」と答える驚くべきものでした。14・6%といえば30人クラスの中で4〜5人が該当することになります。さらに世話にかかる平日の時間が、1日平均で2〜3時間に上るとなると、わたしのイメージする遊びに夢中で日が落ちても家に戻らない元気な小学生像と現実がまったく違っていることになります。

しかし、わたしはこの調査結果を鵜呑みにするのは非常に危険だと思っています。なぜなら昔のおじいちゃん、おばあちゃんと同居する大家族ではない、親と子供だけの核家族でいったい誰を介護しているというのでしょう。「イエス」と答えた中で多くは幼い弟妹の世話を〝ケア〟ととったのではないでしょうか。どうも家の手伝いを〝ケア〟と拡大解釈している節がうかがえます。それに有効回答が10分の1ですから、未回答者がすべて「ノー」だった場合、14・6％は1・4％にしかなりません。センセーショナルな数字が前面に躍っていますが、それも含めて今回の調査には違和感しかありません。

そう思う根拠は、過去何度もマスコミが日本を貶める報道をしてきたからです。今までも保育園が足りない一部地域を、さもそれが全国的なもののごとく取り上げ「日本死ね」と嬉々として報じたこともありました。小学生が介護・面倒が忙しく勉強ができないとなれば、誰もが「国が悪い」と思うでしょう。どうも世論をそちらに誘導する意図が見え隠れするのはなんとも気味の悪いものです。

子供たちの健やかな成長のための実態調査は必要なものです。しかし、日本の未来を担う子供たちにいらぬ被害者意識を植え付けるような真似だけはしないでいただきたい。

（2022/11/11）

闇金の被害者にどこまで同情すべきか

「トイチ」……10万円借りたら10日で1割の利息が付き、11万円返さなければならなくなること。

これは年利でいうと365％です。銀行の定期預金の利息が年利0・002％で10万円が1年かけても100002円にしかならないのですから「トイチ」の凄まじさがわかります。しかし、もちろんそんなものは法定金利を超えた違法ですから金融業者はすぐに捕まってしまいます。

そこで業者は〝貸金〟という体ではなく客から金を巻き上げようといろいろな方法を考え出します。いわゆる「先払い買い取り」は違法な闇金だとして、7人の利用者が訴えを起こしたというニュースが、2022年11月にありました。これは〝金融業者〟がバッグや貴金属などの商品を買い取ると約束して商品の画像を送らせて現金を先払いし、その後「商品が届かない」とクレームをつけ高額な違約金を〝顧客〟に支払わせるものです。

これだけ聞くと「なら、ちゃんと商品を渡せば済むことだ」と思う人もいるでしょうが、これは最初の「商品を買います」から「違約金を支払います」までが一連のセットになったシステムで、業者、利用者双方が初めからわかってやっているものです。わかりやすく言うと、客は最初から商品を売るつもりはなく（おそらく商品はなく写真しかない）、とりあえずまずはお金を借りて、後で「違約金」という形で返済するということを、双方が納得してやっているということなのです。つまり「貸金」の変則バージョンです。

今回、訴えた7人の中のひとり、30代の男性は2年間に複数回にわたり約40万円を業者から受け取り、51万円あまりを支払いました。中には金利換算すると約360%から3400%にも上っていたケースもあったそうです。「トイチ」でもびっくりなのにその10倍ちかくとは随分と吹っ掛けたものです。業者からしたら「金を貸したわけではないので、金利云々は関係ない」という論理なのでしょうが、商品の受け渡しの実態がまったくなく、ただお金だけが動いているのですから一連のやり取りは〝金融業〟とみるのが自然で、多分この訴えも認められ過払い金は返金されることになるでしょう。

めでたし、めでたし。と言いたいところですが、今回の訴えには大いに違和感があります。なぜなら前述のようにこの取引きは〝業者〟〝利用者〟どちらもが納得の上で始めているからです。「10万円振り込みますから、1ヶ月後に20万円返してくださいね」。嫌なら断ればいいだけです。それを「はい、わかりました。早く振り込んでください」と言って、入金された途端に正義面して「こんな違法なもの払えない」だなんて、どういう精神構造なのでしょう。

そのお金で助かったことなどすっかり忘れて恐ろしく身勝手な論理です。法的には違法業者が悪いのは当然だとして、人間的にはどっちもどっちのような……。(2022/11/18)

生活保護の対象を拡大していいか

厚生労働省が「生活保護を受けながら大学に進学することは認めない」という方針を今後も継続することにしたというニュースが、2022年11月にありました。この発表は「いまと比べて格段に低い進学率だった1963年に旧厚生省が出した通知が根拠のこの決まりは、多くの若者が高等教育を受ける現在にはそぐわない」「このルールは向学心のある貧困世帯の子供の将来を阻害している」という声が繰り返し上がったことに応えたものです。

生活保護は「すべて国民は、健康で文化的な最低限度の生活を営む権利を有する」と憲法にあることから保障されるものですが、大学進学が〝最低限度の権利〟であるかは疑問です。現代は大学全入時代といわれ希望すれば全員が〝どこかの〟大学に入れます。ひとくちに大学といってもピンからキリまであり、中にはアルファベットすらまともに書くことができない中学生程度の学力でも合格できるところもあります。そんなところの学生は、入学後に必死になって勉強することもなく4年間をただ遊ぶことのみに費やすのです。「大学進学もOK」となれば、そんな学生を生活保護のお金（税金）で遊ばせることになるのですから真面目な納税者の反発は必至で、今回の厚労省の判断は妥当なものでしょう。

そもそも生活保護は「働きたくても働けない人」に対して給付されるものですから、大学に行く元気があるならまず働くべきです。実際、生活保護を受給していない貧困家庭の子供が進学をあきらめ就職するケースは普通にあります。そんな子が生活保護を受けながら大学という名の〝レジャーランド〟で遊んでいる学生を見たらどう思うのでしょうか。「僕の必死に働いて納めた税金をそんな奴のために使って欲しくない」と思うでしょう。

納税制度の大前提は不公平感のないことです。それでもなお親の貧困が子供に連鎖するのは絶対にまかりならぬというのなら、本当に優秀な学生にのみ特別枠で返済不要の奨学金を支給して学ばせればいいのです。その優秀さが将来、「日本国の役に立つ」と考えたら誰も文句を言わないでしょう。これは差別でもなんでもありません。「働くのは嫌」「努力も嫌」、でも「権利は守れ」なんて虫のいい話はないと言っているだけです。

それより問題なのは、日本人の子供が学費に苦労する一方で、海外からの国費留学生には学費全額免除だけでなく、生活費まで面倒を見ていることです。現在、留学生の約半数が中国からの学生です。彼らの母国が今、我が国の南で何をしているか。中国人留学生は日本人の働いた金で学び、知識や技術という何物にも代えがたい土産を持って帰国します。そしてそのあとは、その土産を母国のために使うのですから彼らへの投資は「日本国の役に立つ」どころか「日本国を脅かす」ことになりかねません。「留学生は国と国との懸け橋」なんて理想はかの国には通用しません。お人よしも大概にしてもらいたいものです。

(2022/12/09)

恋多き教師

群馬県教育委員会が県立高校に勤める34歳の男性教諭を減給10分の1(3ヶ月)の懲戒処分にしたというニュースがありました。この教諭は2020年10月~2022年11月の2年間にわたって同僚の女性5人に「好きです」などの言動を繰り返すセクシュアル・ハラスメントを行ったというのです。

記事からはこの男性がした告白のタイミングははっきりわかりませんが、同時期に5人に対して「好きです」と言ったのか、時期をずらしての「好きです」かによって随分と印象が違います。前者の場合だと女なら誰でもいいただの「女好き」になりますが、後者だと恋にあこがれる純朴な男性にも見えます。そして5人に対する告白が常に真剣な「好きです」だったとしたら、今回の処分はやり過ぎにも思えます。

もっとも、ハラスメントか否かは受け手が決めますので、処分されたということは、男性教諭が5人の女性全員に「いやだわ。気持ち悪い」と訴えられるほどの「モテない君」だったのは間違いありませんが。いずれにせよ女性内では「告白されちゃった」「あら、あたしもよ」と、情報は共有されているでしょうから、今後この男性が学校内で恋を成就することは難しいでしょう。

他人の嫌がるハラスメントはもちろんいけませんが、恋をする権利はだれにでもあります。県教委は再発防止のため「今後の言動について、校長を通してしっかり観察する」としていますが、自由に恋することさえ許されないなんてなんだか可哀そうな気もします。


(2022/12/23)

救急車は足代わり

２０２２年12月、愛知県江南市の病院に勤務する20代の女性研修医が、救急車をタクシー代わりに使っていたというニュースがありました。この女性医師は患者を別の病院に移送する際に同乗し、送り届けた帰りにも救急車に乗り込み最寄り駅まで送らせていたのです。先ほど〝タクシー代わり〟と言いましたが、降車時に料金を払うことはなかったのですからタクシーというより〝アッシー君〟と言った方がいいのかもしれません。

そもそも救急車とは〝急いで〟人命を〝救う〟ために使用する自動車です。病院間の移送がそんなに急を要するものなのでしょうか。百歩譲ってその患者を移送先ですぐに処置する必要があったとして、移送が完了すれば任務は終わりです。そこに救急隊員以外が乗る理由は一切ありません。

この女性医師は「上長（上司に当たる医師）から許可は得ている」と隊員に願い出て「救急隊には快諾してもらった」と話しているそうですが、〝快諾〟していたのならこんな騒動にはなりません。「なんだこの女は、厚かましい奴だ」と思われていたのはまちがいありません。さらに送ってもらった理由が急いで帰って勤務に戻るためではなく、友人との食事に間に合わせるためだったとは呆れます。

この女性医師も相当な常識はずれですが、途中下車について「可能な範囲で途中下車できるかどうか救急隊に聞いてみては」と言った彼女の上長も大概なものです。この2人に共通しているのは救急隊が医師である自分たちより立場が下だと思っているところでしょう。

言うまでもなく医師は救急隊の得意先ではなく、ましてや上司でもありません。日ごろから「先生、先生」と呼ばれることで勘違いしていたのだとしたら、頭はいいとしても人間的にはあまりにも未熟です。病院の担当者が取材に「問題かどうかは、病院ではなく消防側が判断すること」と話していることからも、医師だけでなく病院そのものも反省している様子はうかがえません。わたしが隊員なら「こんな病院の要請なんか二度と受けてやるものか」と思うところですが、患者の命を救うため隊員は今日も文句ひとつ言わず出動しています。本当に頭が下がります。

（2023/01/06）

110番はお悩み相談窓口ではない

日本で最もポピュラーな電話番号はなんといっても警察に対する緊急通報ダイヤルの110番でしょう。1月10日は110番の日でした。本来なら警察も「110番はあなたの味方」と緊急時のためらいのない通報を呼びかけたいところでしょうが、常識のない市民のために「なんでもかんでも110番はやめて」とまったく逆のことを言わなければならないのは困ったものです。

静岡県警に2022年1月から11月までに寄せられた110番通報は約19万9000件で、このうち〝不要不急〟と判断された通報は、実に約5万7000件と全体の3割近くに上ったそうです。その中身は「コンビニに携帯電話を忘れてきたので、その店の電話番号を教えてほしい」（どこのコンビニやねん、そもそも番号案内は104や）「家の前に動物の死骸が」（落語・鹿政談なら打ち首になるぞ、さっさと自分で片付けろ）から「テレビが映らない」「間違ってシンクの下に飼い猫が入ってしまった」（知らんがな）まで警察に無関係のものが目白押しです。挙句の果てに「便が出ない」と毎日相談してくる人までいるそうで、これではまるで「町のよろず相談所」です。

わたしがまだ小学生の頃、親が言うことを聞かない子供を叱るとき「巡査に言いつけるで」が常套句だったほど警察（警官）は恐い存在でしたが、これほどまで令和の世に警察が身近な存在になったなんて……喜ぶべきか悲しむべきか。110番は電話がまだダイヤル式だったころ一番短時間で戻る「1」を2回と、間違いを防ぐために逆に最も遠い「0」を組み合わされました。0にはつながるまでの間に言うべきことを整理しろという意味合いもあります。

市民の生命、財産を守る警察の業務を妨げることは、市民が自分の首を自分で絞めているのと同じですから絶対に避けなければなりません。なにも難しいことはありません。110番通報では最初に「事件ですか、事故ですか」と聞かれます。そのとき即座に答えられないものは不要不急ということです。と言ったところで、いままでなにも考えずに110番してきた人は今後も犬の死骸を見つければ「犬の『事故』発生」、うんちがでないのも「わたしにとっては大『事件』」と意に介さないのでしょうが。（2023/01/15）

高速道路とは巨大な詐欺である

国土交通省が高速道路無償化の期限を現在の２０６５年から50年延長し、２１１５年にするための法改正案を国会に提出するというニュースが、２０２３年１月にありました。本来〝道〟は誰のものでもなくアメリカのハイウェイのようにすべての人がタダで自由に往来できるもののはずですが、日本では高速道路など多額の建設費用がかかる道を作る場合、それを利用することによって得（目的地に早く到着するなど）をする人に『受益者負担』として、その費用が償却されるまでという条件付きで通行料金を負担してもらうことになっています。

しかし、１９６２年12月の首都高速、翌63年７月の名神高速道路開通から半世紀以上が経過しましたが、無償化された道路はほとんどありません。それどころか値上げを繰り返し、首都高は当初の50円から現在は最高で１９５０円となんと39倍にもなっています。もちろん当時より道そのものが延伸していますので一概に比べることはできませんが、それでも「早くタダにならないかな」と待っている人たちの期待を裏切り続けていることは間違いありません。

無償化しない理由を「道路を維持するのに金がかかる」「新しい道路を作る費用が必要」としていますが、それは最初からわかっていたことです。それでいて「建設費用が償却できたらタダにする」としたのですから、吐いた言葉の責任をいったいどう考えているのでしょう。数少ないタダになった道路のひとつに、大阪と奈良の境にある生駒山を通る「阪奈道路」があります。この道はそれまで片道100円だか150円だかを徴収していましたが1981年に無償化されました。そのときわたしは「本当にタダになるんだ」と驚いたことを覚えています。

でも、驚きはそれっきりでその後は聞きません。いまや誰も高速道路が無償になるなんて思っていないでしょう。2065年だとしてもわたしを含め今生きている人の多くはいないだろうし、さらに2115年ならこれから生まれる人も大部分が死んでいます。それでもなお「延期」でお茶を濁す神経には呆れます。どうせできないのだから、いつまでも期待させるようなことを言わずにさっさと白旗を上げるべきでは。それは非常に残念で、そして情けないことですが。

(2023/02/04)

想像力の欠如は許しがたい

救急車の窓ガラスをたたくなどして救急搬送を妨害した48歳の会社役員の男が公務執行妨害の疑いで逮捕されたというニュースが、２０２３年2月にありました。この男が息子と自宅付近でキャッチボールをしていたところに、急病の男児の搬送要請を受けた救急車がやってきました。そしていざ病院に向けて出発しようと隊員が男の息子に救急車から離れるように言うと、男は激昂して救急車に近寄り「うちの息子に何言ったんや」「いつまで止めてるんや。赤いライト付けたままやったら近所迷惑になるやろ」などと怒鳴り散らすのですから、わけがわかりません。

まともな大人ならパトランプを点けた緊急車両を見た場合、その作業を邪魔しないよう子供を促し、そっとその場から離れるものです。それを大人がすすんで邪魔しにかかるなんて頭がおかしいとしか思えません。そもそも赤いライトは緊急事態を周囲に知らせるためのもので、それなくしての作業の方がよほど迷惑です。男はさらに助手席側の窓から手を差し入れるなどして出発を妨害したといいますからとんでもない男です。

彼がひとりで騒いでいる間、一刻も早く病院で治療を受けたいのにいつまでも出発できない救急車の中で、男児とその家族はさぞかし不安だったことでしょう。結局、救急隊員が本部に応援要請をかけ、到着した別の救急車に男児を乗せ換えて出発するまで約20分も余計な時間がかかってしまいました。

男は調べに対し「故意に救急搬送を遅らせるためにしたわけじゃない」「病人が乗っていることは後から知った」などと話しているそうですが、これほど愚かな言い訳があるでしょうか。赤色灯を灯している救急車が緊急搬送中なことは子供でもわかります。たとえその車内を覗かなくても、ほんの少しの想像力で「早く病院に」と祈る姿を思い浮かべることができます。同様に街中で後ろから近づく救急車に道を譲らず、ちんたら走る車を見ると「お前らには想像力がないのか」と腹立たしさを覚えます。

幸いにも今回搬送された男児は命に別条なかったそうですが、もしものことがあったらと考えると男の罪は重大です。もっとも男にはそれを想像する力もないのでしょうが。

（2023/02/04）

おぞましい遺体愛好者

これほどまでにおぞましい事件があったでしょうか。勤務する葬儀社の安置所で女性の遺体を触っていた元職員に対し、東京地裁が懲役2年6ヶ月、執行猶予4年の有罪判決を言い渡したというニュースが、2023年2月にありました。

この42歳の元職員は、2021年から2022年にかけ勤務していた都内の葬儀場で、17歳の女子高生を含む3人の女性遺体の胸を揉んだり陰部に指を入れたりする目的で遺体安置室や冷蔵室に侵入したり、葬儀場の女子トイレに携帯電話を置き女性25人を撮影したりしていたのです。この男は遺体にわいせつな行為をする様子を自身の携帯電話で撮影し、保存していたことからもそれが男の性癖に由来するものであったことは明らかです。

『屍姦』とは死体を姦する（性的に犯す）、あるいは死体に欲情する性的嗜好のことで、まさにこの男そのものです。抵抗されることがないのはもちろん、「死人に口なし」、何をしようと絶対に訴えられることのない相手を狙う卑怯極まりないこの犯罪は絶対に許せません。なによりこの世に未練を残しながら若くして黄泉の国へと旅立った女性たちは、死してなお凌辱を受けるなんて微塵も思っていなかったはずです。こんなことをされたのでは、あまりに悔しく残念でそれこそ「死んでも死にきれない」ことでしょう。

さらに大切な人を亡くし、悲しみに暮れていた遺族がこの事件を知ったときの心境を想うと言葉がありません。安置室から棺に納められ、告別式のあと霊柩車で出発するまでの一連の儀式を好色な目で見届けていたであろう男の目には虫唾《むしず》が走ります。鬼畜にも劣るこれだけの行為をしておきながら、男の罪名は「建造物侵入罪」です。なぜなら現行の法律において遺体は〝ヒト〟ではなく〝モノ〟として扱われるため、それへのわいせつ行為は罪にならないからです。

ご遺体という最も神聖なものを身勝手な薄汚れた欲望で汚した男の罪が「建造物侵入」なんていう軽いものでしかないのはどう考えても納得できません。

（2023/02/12）

生活保護キャンペーンへの違和感

京都府京丹後市が、2022年8月に地域の自治会を通じて約2万400の全戸に「生活保護の申請は、国民の権利です」と記したチラシを配りましたが、2023年2月末から2回目の配布を始めたというニュースがありました。

これは長引くコロナ禍や物価の高騰により生活に困る世帯が増えていることを考慮したものですが、役所も随分と変わったなというのが率直な印象です。かつての役所は市民が得をすることの告知には極めて消極的でした。申請さえすればもらえる手当が新設されても誰も見ないような広報の片隅にちょこっとだけ載せ、あとは役所内の掲示板に貼りだして終わりですからとても周知とはいきません。そんな具合ですから所用で役所に行った際に掲示板を見て「あれ、こんなのがあるなら教えてよ」なんてこともしょっちゅうでした。それが、全戸に「権利です」の大見出しとは……まさに隔世の感があります。

チラシには「新型コロナで収入が減った」「小さい子どもがいるので働ける時間が短い」「年金では暮らせない」など、申請しうる具体的な状況を列挙するだけでなく、制度を理解できず申請をあきらめる人を出さないために「持ち家があると受けられない？」「関係が悪い親族にも連絡がいく？」など誤解されがちなポイントをQ＆A形式で解説する念の入れようです。さらに2回目のチラシには生活保護で生活苦を乗り切って就職を果たした人の体験談なども加え、まるで生活保護を推奨するかのようなチラシに仕上げています。

なるほど生活保護は国民の権利で間違いありません。しかし、今回のこの〝生活保護推進キャンペーン〟にも似た市の動きにはいささかの違和感があります。なぜなら公助の生活保護は自分で何とかする自助、周囲の世話になる共助、そしてそれでもダメな時に頼る最後の手段であるべきだと思うからです。それなのになんの努力もせず「すぐに生活保護に頼れ」では予算がいくらあっても足りません。わたしは弱者を切り捨てろと言うつもりは毛頭ありませんが、日本人が勤勉で誠実な恥を知る民族（端からそんな文化を持ち合わせていない外国人の受給者も多数いますが）だったのは過去の話で、現在では自分が楽をするためにはウソも平気、他人に何と思われても気にしない人が多くいます。残念なことですが、いまの日本は性善説の通用しない国に成り下がってしまったのです。

働きたくても〝働けない〟人は弱者ですが、働けるのに〝働かない〟人まで弱者となっている現状は明らかに間違っています。現在、生活保護を受けている人は200万人を超えており、ざっと60人に1人の割合です。そして、その原資はすべて税金です。

(2023/03/18)

進む「匿名化」への疑問

バスやタクシーの車内に設置されている運転者の名札がなくなるというニュースがありました。国土交通省は現在、バスやタクシーの車内に運転者の名前を掲示することを道路運送法により事業者に義務付けていますが、2023年夏をめどにそれをやめるというのです。

わたしは移動に際し、いつも自家用車を自ら運転していますが、新幹線で東京に行ったときはもっぱらタクシー移動です。たしかに料金メーターの横には運転手さんの名前と顔写真が掲示されていますが、それはタクシー会社がサービスの一環で独自にやっているものとばかり思っており、法律で定められたものだったとは知りませんでした。

もし、わたしが運転手だったとして、後ろにいる乗客に自分の名前を知られているのとそうでないのとでは緊張の度合いが違います。プロドライバーとして常に安全運転を心がけていても、少しでも変な運転をすれば「百田っちゅう運転手はとんでもない走りをする」なんて通報されかねないと思うからです。その意味では名札の掲示は運転手の自戒を促すのに有効ですが、それよりもデメリットの方が大きいというのです。

現在では女性の運転手も増えており、氏名が特定されることによりストーキングされることがあるだけでなく、乗車態度を注意された客が逆恨みしてあることないことを運転手の実名入りでネットにあげるなんてこともあるようです。残念なことに乗客の安全安心のための措置が逆に運転手を危険にさらすことになっているのです。

改正後は車両の識別番号などで乗客が利用した車両を把握できるようにするそうで、お互いの安心のためには仕方のない妥協点なのかもしれません。名札の廃止といえば、販売店や飲食店でも同様の理由から廃止が進んでいるそうです。接客業でありながらマスクで顔の半分を隠したうえで匿名にしなくてはならないとは、世知辛い世の中になっ

たものです。　　　　　　　　　　　　　　　　　　　　　　　　　　　(2023/04/21)

ピアノが泣いている

兵庫県加古川市が2022年11月にJR加古川駅に設置した〝ストリートピアノ〟が、たったの半年間で撤去されたというニュースがありました。

〝ストリートピアノ〟とは公共の場所に置かれた誰でも自由に弾くことのできるピアノで、音楽を通じて人々が繋がりあうことを目的として設置されたものです。誰でも自由にとはいっても「みんなのピアノ」ですから弾くにあたっては一定のルールがあります。人々が寝静まる時間に思い切り鍵盤を叩かれては堪りませんし、一人だけが朝から晩まで延々と占領していたのでは「みんなのピアノ」にはなりません。そこで加古川駅のピアノを弾いていいのは午前7時から午後9時までの間、また、1回の演奏は10分との決まりが定められました。

しかし、制限時刻を過ぎても大音量の演奏を止めない、一人で1時間以上も弾き続けるなどのルール違反が頻発したため苦情が殺到し、やむなく撤去が決まったということです。中にはYouTubeにアップするため照明などの機材まで持ち込む人もいたようで、市が求めていた当初の目的とは大きく違ってしまったのですから撤去もやむを得ないところでしょう。

ストリートピアノの弾き手にはプロのピアニストや音大生もいたはずで、彼らの演奏はそれだけで聴衆を楽しませることができますので苦情が来ることは少なかったと思われます。また、小さな子供がたどたどしい指使いで鍵盤を押さえてだす音も音楽としては未完成でも見ている者を笑顔にするに十分なものです。そんな場面を演出していた〝ストリートピアノ〟の撤去は残念なことです。

音楽には二通りの楽しみ方があります。一つ目は聞いて楽しむこと、好きな歌やきれいな音色を聞くのは心地よいものです。二つ目は自らが歌ったり奏でたりして楽しむことです。「カラオケが嫌い」という人も人前で歌うのがいやなだけで、知らず知らずのうちに鼻歌をうたっていることはあるでしょう。また耳に入るリズムに合わせて手拍子をすることも演奏のひとつです。自分が楽しむために弾くのか、他人を楽しませるために弾くのか。その状況判断が的確にできる人ばかりなら今回の撤去はなかったでしょう。

（2023/05/07）

百田尚樹　1956(昭和31)年大阪市生まれ。作家。著書に『永遠の0』『モンスター』『影法師』『海賊とよばれた男』『カエルの楽園』『夏の騎士』『野良犬の値段』『成功は時間が10割』など多数。

Ⓢ新潮新書

1019

大常識《だいじょうしき》

著者　百田尚樹《ひゃくたなおき》

2023年11月20日　発行
2023年12月20日　4刷

発行者　佐藤隆信

発行所　株式会社 新潮社
〒162-8711　東京都新宿区矢来町71番地
編集部(03)3266-5430　読者係(03)3266-5111
https://www.shinchosha.co.jp
装幀　新潮社装幀室

印刷所　錦明印刷株式会社
製本所　錦明印刷株式会社

ISBN978-4-10-611019-1　C0230

百田尚樹の本

好 評 既 刊

新潮新書

大放言

大マスコミ、バカな若者、
無能な政治家、偽善の言論……
縦横無尽にメッタ斬り！
社会に対する素朴な疑問から
大胆すぎる政策提言まで、
思考停止の世に一石を投じる
書き下ろし論考集。

鋼のメンタル

「打たれ強さ」は、鍛えられる。ストレスフルな
世の中で、自分の精神を守り抜く秘訣とは？
激しいバッシングを受けても
へこたれない著者が初めて明かす、
最強のメンタルコントロール術。

百田尚樹の本

新潮新書

戦争と平和

日本は絶対に戦争をしてはいけない。この国ほど、
戦争に向かない国家はないのだから──。
累計450万部突破のベストセラー
『永遠の0』の著者だからこそ書けた、
圧倒的説得力の反戦論。

偽善者たちへ

定見なきメディア、愚かな政治家、
エセ人権派、厄介な隣国……。
この国に蔓延する数多の「偽善」をぶった斬り、
「薄っぺらい正義」を嗤う、
言論の銃弾109連射！

バカの国

おいおい日本、大丈夫か？
バカの所業を笑ってばかりもいられない。
彼らは、いまやこの国の中枢まで侵食しつつあるのだ。
ツッコミながらも警鐘を鳴らす、
笑いと怒りの123篇。

百田尚樹の本
新 潮 文 庫

フォルトゥナの瞳

その男には、見たくないものが視えた。
他人の「死」が。「運命」が——。
生死を賭けた男の選択に涙する、愛と運命の物語。
映画化話題作！

カエルの楽園

平和で豊かな国を求め旅に出た、二匹のアマガエル。
だが、辿り着いた理想の国には、
奇妙な戒律があった——。
大衆社会の愚かさと本質を炙り出した、
21世紀の傑作寓話小説。

カエルの楽園2020

楽園を「新しい病気」が襲ったその時、
カエルたちの取った行動は——。
国難を前に迷走する政治やメディアの
愚かさを浮き彫りにし、三通りの結末を提示する、
警告と希望の書。